Exploring All Things Bad

ÉDITION FRANÇAISE

BLOOD MONEY BILLIONAIRE
TOME CINQ

BLAIR BUTLER

FIRE FINCH

FIRE FINCH PRESS

Exploring All Things Bad

À la Découverte de Toutes les Mauvaises Choses

BLOOD MONEY BILLIONAIRE, TOME 5

CHAPITRE 1
Carte Maîtresse

IVY

— Nous devons partir immédiatement, dit Henderson.

— Quitter la fête ? je demande.

— Quitter le pays, répond-il. J'ai pris l'initiative. Le jet est en préparation et le taxi nous attend.

Les muscles de la mâchoire d'Alistair se contractent. Il se prépare mentalement à cette nouvelle indésirable.

— C'est grave comment ?

— Il n'y a aucune raison de paniquer, et personne n'est mort, répond Henderson. Mais nous devons nous mettre en route.

Alistair comprend rapidement.

— C'est Ariana.

Les lèvres du garde du corps forment une ligne mince. Il hoche la tête.

Qu'a-t-elle encore fait ? Elle était à l'abri de notre syndicat rival dans ce centre de réhabilitation de luxe. Je suppose que la seule personne contre qui elle n'était pas protégée, c'était elle-même.

— Elle s'est échappée ? je demande.

— Pire, répond Henderson en grimaçant. Elle s'est enfuie pour se marier.

— Je vous demande pardon ? exige Alistair, son choc se reflétant dans son articulation soudainement précise, malgré le rhum et les baisers.

— Nous n'en savons pas encore beaucoup. Je vous brieferai dans les airs.

Nous marchons à moitié, courons à moitié sur le sable de la plage, vers la route. Il est encore chaud de la chaleur du jour.

— Est-elle blessée ? je ne peux m'empêcher de demander. Le bébé va bien ? Serait-elle vraiment aussi imprudente, ou a-t-elle été forcée ?

— Il n'y a aucun signe de blessure, répond Henderson, le soulagement sur son visage aussi évident que sur le mien.

— Dieu merci, je murmure.

Le taxi apparaît, et nous accélérons le pas.

— Ce n'est pas une bonne nouvelle, marmonne Alistair, et Henderson et moi lui lançons un regard perplexe. Si elle est partie de son plein gré, cela signifie qu'elle est toujours sous leur emprise. Ce qui, sans doute, est pire que quelques coupures et contusions.

Je me mordille la lèvre. Oui, je suppose qu'il a raison.

La cabine du Gulfstream est bondée — bien loin du voyage aller où Alistair et moi l'avions presque pour nous seuls. Je me demande s'il se souvient de moi habillée comme un membre de l'équipage, puis, eh bien, *déshabillée* dans la salle de réunion, sur la table pivotante blanche et brillante. Je lui jette un coup d'œil furtif pour voir s'il pense à ce que je suis en train de me rappeler, mais il est plongé dans une discussion à voix basse avec Christopher et Henderson. Ils arborent tous des froncements de sourcils identiques, puis Chris quitte la conversation pour faire les cent pas. Le frère impulsif d'Alistair a grandi dans mon estime, mais il n'a pas la maturité émotionnelle nécessaire pour gérer ce genre d'événements. Au moins, ils boivent tous du café alors que je m'attendais pleinement à ce que Christopher se jette sur une bouteille de vodka.

Mon propre café arrive — un énorme latte — et je remercie chaleureusement l'hôtesse, mon regard s'attardant sur sa broche un peu plus longtemps que strictement nécessaire. Une pulsation chaude dans mon bas-ventre élargit mon sourire. Elle doit me prendre pour une déséquilibrée. Le café est réconfortant et délicieux.

Alistair s'éloigne de sa discussion avec Henderson et s'assoit en face de moi, faisant signe qu'il veut plus de café. Mon pied trouve son chemin sur ses genoux, et il retire ma basket pour commencer à me masser.

— C'est moi qui devrais te masser les pieds, dis-je, sans retirer le mien.

— Absurde, répond-il avec l'ombre d'un sourire. Ton pied appartient ici. Il est à moi.

— Je ne suis pas du genre à refuser un massage des pieds, jamais, donc tu ne trouveras aucune objection ici.

— Je possède ce pied, et ces orteils, et cette cheville, continue-t-il, déplaçant ses mains magiques sur mes chaussettes rose imprimé léopard.

Je hoche la tête. Comme je l'ai dit, aucune objection.

— Qu'a dit Henderson ?

— Le stagiaire nous a informés...

— Euh, je ne pense pas qu'on devrait encore appeler Brodie « le stagiaire ». Il est pratiquement officiel maintenant, non ? Et depuis Blackwood...

— Oui, coupe Alistair. Tu as raison. *Brodie* nous a informés qu'Ariana avait reçu de l'aide pour s'échapper de l'établissement.

— Sebastian, je devine.

— Oui. Il cause beaucoup de problèmes pour quelqu'un que nous pensions avoir tué.

— Et maintenant il épouse Ariana ?

L'expression d'Alistair est tendue.

— Pas si je peux l'empêcher.

— Arriverons-nous à temps ? C'est un long vol.

— Selon les informations de Brodie, ils ont réservé une chapelle à Manchester pour une cérémonie à laquelle nous arriverons tout juste à temps. D'où l'urgence de monter dans l'avion.

Nous n'avons même pas eu le temps de faire nos valises. Je ne me plains pas ; je déteste faire les bagages.

— Une cérémonie dans une chapelle ? je demande. Ça ne semble pas logique. Pourquoi organiseraient-ils une cérémonie si le mariage est censé être rapide et discret, réalisé dès que possible pour éviter toute interférence ?

Alistair souffle et secoue la tête.

— C'est exactement ce que nous disions. Ça n'a aucun sens.

— Mais je suppose que vouloir épouser son kidnappeur n'a pas non plus de sens, donc voilà.

Il passe ses doigts dans ses cheveux, et j'ai envie de l'embrasser. De le rassurer. Mais que pourrais-je bien dire qui le ferait se sentir mieux ? Sa sœur est une véritable carte maîtresse. Impossible de prédire ce qui va se passer, et inutile de prétendre que tout ira bien quand tant de personnes dangereuses sont impliquées.

— Il l'a toujours sous son emprise, marmonne-t-il entre ses dents serrées.

— Nous la récupérerons, je réponds. Je veux dire, pas seulement physiquement. Nous gagnerons aussi son cœur.

Alistair secoue la tête et soupire.

— Vraiment ? Je n'en suis pas sûr. Ils l'ont peut-être... *endommagée*... trop profondément.

Il me serre le pied.

— J'avais espoir avant, mais maintenant qu'elle est partie à nouveau...

— Pas pour longtemps, je réponds en plongeant mon regard dans le sien.

Il se penche en arrière et ferme les yeux pendant une fraction de seconde. Une partie de la tension quitte son corps.

— Oui, dit-il. Nous la récupérerons.

CHAPITRE 2
Humide

ALISTAIR

Je jette un regard circulaire dans la cabine. Ma mère et mon père sont absorbés par un mots croisés, et Alex dort sur la poitrine de Brumilde pendant qu'elle écoute quelque chose avec son casque. Je suppose qu'il s'agit d'un podcast sur des crimes réels, étant donné son amour pour les détectives, tant dans la vie réelle que dans la fiction. Chris a disparu, très probablement au bar, et Henderson est assis, observant tout, tel un hibou toujours en alerte. Quand est-ce que cet homme a dormi pour la dernière fois ? Je dois lui trouver un assistant — quelqu'un en qui il peut vraiment avoir confiance — afin qu'il puisse enfin fermer l'œil. Je ne peux m'empêcher de remarquer que son expression change légèrement lorsque Rebecca et Noah entrent dans son champ de vision. Il ne fait toujours pas confiance à cet homme.

Brodie n'a rien signalé de suspect concernant Noah,

et je commence à faire confiance à Brodie, malgré son jeune âge et son manque d'expérience. Jusqu'à présent, il a toujours visé juste. C'est Blackwood qui l'a embauché, après tout.

Peut-être que les soupçons d'Henderson envers Noah sont principalement dus au fait qu'il est l'amant de Rebecca. Je n'aurais jamais dit qu'il serait vulnérable à ce genre de chose, mais il semble être humain après tout, malgré toutes les preuves du contraire.

— Tu fais l'appel ? me demande Ivy. Tous tes membres de famille rebelles sont-ils présents ?

— La plupart d'entre eux, oui, je réponds. Je saisis son autre pied et lui retire sa basket. J'adore tenir ses pieds dans mes mains, j'adore la façon dont son corps se détend quand je les masse.

— Jolies chaussettes, lui dis-je. Une affaire dénichée dans un magasin d'occasion ?

Elle me donne un coup de pied, puis sourit d'un air narquois. — Hé, ne me fais pas honte parce que j'essaie de sauver la planète. Si des gens comme moi ne réduisaient pas leur empreinte carbone, il n'y aurait pas de sacs à main de créateur pour des gens comme toi. Parce qu'ils seraient en train de brûler.

J'éclate de rire. — Brûler ?

— La planète entière serait en feu, dit-elle, les yeux pétillants de plaisir face à son propre humour noir. Et au cas où tu ne saurais pas faire le calcul : pas de planète égale pas de sacs à main de luxe.

— Eh bien, je réponds. C'est une bonne chose que je n'aie pas besoin de sacs à main, de luxe ou non.

— C'est ce que tu dis maintenant.

— Alors... tu les as vraiment achetées dans un magasin d'occasion ?

— Quelle est cette obsession pour les jolies chaussettes, Alistair ? Dis-moi la vérité. Es-tu triste parce que je ne t'en ai pas acheté une paire ? J'aurais dû. Je suis désolée.

— Si égoïste, j'acquiesce. Mais, je me sens particulièrement magnanime en ce moment, donc tes excuses sont acceptées.

— La prochaine fois que je trouve de jolies chaussettes, je t'en achèterai certainement une paire. Elle est amusée par ce que je devine être l'image dans sa tête de moi portant des chaussettes ridicules avec un de mes costumes d'affaires.

— Merci, dis-je, plus pour m'avoir fait sentir moins tendu que pour la promesse de chaussettes pop-art dans mon avenir proche.

Ivy bâille. — On devrait probablement essayer de dormir un peu.

— J'espérais qu'on pourrait reprendre le jeu de rôle de l'équipage de cabine dans la salle de conférence.

Ivy pouffe. — Pas question. Pas avec toute ta famille ici.

— C'est juste.

— Mais je suis contente que tu t'en souviennes, dit-elle, son expression espiègle.

— M'en souvenir ? je me moque. Cette expérience est gravée au plus profond de mon être.

Ivy rit. — Bien. Ce n'est pas juste moi, alors. Quand j'ai vu la broche sur l'agent de bord, je—

Je me redresse un peu, m'ajuste. — Oui ?

— Eh bien, ça m'a juste fait me souvenir de tout.

Ma voix devient rauque. — Est-ce que ça t'a rendue humide ?

Elle essaie de cacher ses rougissements. Sans succès. Je continue à la regarder jusqu'à ce qu'elle hoche la tête.

Mes couilles se serrent. — Eh bien, maintenant nous allons devoir faire quelque chose à ce sujet.

Ivy secoue la tête et rit. — Je te l'ai dit, pas question. Pas devant le cirque.

— Ils sont tous distraits. C'est notre chance.

— Henderson n'est pas distrait. Henderson est tout le contraire de distrait.

— Je vais lui parler. Lui demander de détourner le regard.

Elle me saisit le bras alors que je me lève. — Non ! glousse-t-elle. Assieds-toi.

J'obéis à son ordre et je reprends le massage de ses jolis pieds aux chaussettes roses à imprimé léopard jusqu'à ce qu'elle s'endorme.

Je me dégage lentement et recouvre Ivy d'une couverture en cachemire brodée de l'insigne des Ravenscroft.

Je retrouve Christopher au bar. — Tu es tellement prévisible.

Mon frère semble offensé, mais son visage se transforme bientôt en un sourire à moitié sincère. — Au moins, tu sais toujours où me trouver. Pas comme notre autre... membre de la famille.

— C'est vrai.

— Et je cause moins de problèmes, dit-il.

— Euh, non, ce n'est pas le cas.

— D'accord. Il avale une gorgée de son verre. Mais j'ai causé moins de problèmes dernièrement.

— Je suppose que c'est vrai. Est-ce que la vieillesse te rattrape ? Seras-tu plus responsable à l'avenir ?

— Putain, non. Je suis aussi jeune et viril qu'on peut l'être. Il a un regard lointain dans les yeux. Je peux encore sentir l'odeur de ces filles que j'ai eues plus tôt.

— Tu es répugnant, lui dis-je.

— Ha ! il éclate de rire. Il n'y avait rien de répugnant là-dedans. Elles étaient incroyables ! Quand cette catastrophe particulière aura été évitée, je retournerai à Koh Samui pour des vacances prolongées.

Une partie de moi pense que c'est une excellente idée. Avoir Chris hors de ma vue signifierait que je pourrais accomplir une quantité significative de travail pour assainir l'entreprise. Mais il y a toujours ce sentiment inquiétant quand il s'agit de mon petit frère insouciant — que je ne peux jamais le laisser sans surveillance trop longtemps. Et Dieu sait ce qu'il ferait dans un endroit comme Koh Samui tout seul.

Je décide de changer de sujet. — Devrais-tu boire ?

— Pourquoi pas ? demande Christopher. Est-il trop tôt ? J'ai perdu la notion du jour de la semaine, sans parler de l'heure qu'il est.

— Mon inquiétude ne concerne pas l'heure de la journée, mais plutôt que tu sois en pleine possession de tes facultés quand nous retrouverons Ariana.

— Honnêtement, mec, je ne me souviens pas de la dernière fois où j'étais en pleine possession de mes facultés, bourré ou pas bourré. C'est assez libérateur, franchement. Ne pas être en contrôle à chaque seconde de chaque jour. Tu devrais essayer un de ces jours.

Je lui lance mon regard le plus peu impressionné. — Est-ce un appel à l'aide ?

Il me tape dans le dos. — Personne ne pleure ici sauf toi, frangin.

CHAPITRE 3
Capital d'exploitation

IVY

Nous sommes réveillés avec un autre service de café dix minutes avant l'atterrissage. Je n'arrive pas à croire que j'ai pu dormir ; les mains magiques d'Alistair ont dû me jeter un sort. La couverture qui me recouvre est la plus douce que j'aie jamais sentie. Je me surprends à souhaiter pouvoir l'emporter chez moi. Je me frotte les yeux et m'étire, reconnaissante pour ce repos mais en désirant davantage. En fait, quand tout cela sera terminé, je vais hiberner pendant au moins quarante-huit heures avec rien d'autre qu'Alistair, de la nourriture réconfortante, du chocolat chaud et des livres.

— J'ai quelque chose pour toi, fait la voix profonde d'Alistair derrière mon siège.

Je me retourne et lui souris. Mon Dieu, cet homme est délicieux à tous points de vue.

— Vraiment ? Comment ? Tu as volé quelque chose de ton propre jet privé ?

Et si oui, est-ce que je pourrais prendre cette couverture ?

Il me montre sa paume. S'y trouve la broche que je dévorais des yeux tout à l'heure. Je regarde derrière lui pour voir l'une des hôtesses de l'air, *sans* épingle, qui nous observe sans en avoir l'air, avec un sourire espiègle.

Je souris largement.

— Tu n'aurais pas dû.

Entre la bague de fiançailles de prêteur sur gages et la broche « volée », il semble qu'Alistair soit en danger de rejoindre mes habitudes d'achats économes.

— Tiens, dit-il, laisse-moi te l'attacher.

Je respire son parfum tandis qu'il s'approche et se penche pour l'accrocher au tissu de ma robe blanche. Je pourrais inhaler cet homme toute la journée.

J'ai soudain un flash de mon enfance – ma mère qui sentait mes bonbons. Elle n'utilisait jamais le terme « régime » et abhorrait la culture Twiggy des mannequins maigres comme des clous, mais quand elle avait quelques kilos à perdre, elle réduisait ses friandises. Si je lui offrais un peu de mon chocolat, elle se contentait de le renifler et prétendait que c'était aussi satisfaisant que de le manger. Elle soupirait de plaisir et disait à quel point c'était bon.

Je pourrais me délecter de l'odeur d'Alistair toute la journée, mais ce ne serait pas comparable à avoir la vraie chose.

— Si nous n'atterrissions pas dans cinq minutes, grogne-t-il à mon oreille, provoquant des frissons sur ma nuque, je t'emmènerais dans la salle de conférence.

Mon sexe pulse.

— Tu me tortures.

Il prend son temps pour s'assurer que l'épingle ne me pique pas, caressant ma poitrine tout en admirant le métal brillant. Ses yeux prennent cet aspect liquide, ses lèvres se détendent. J'adorerais savoir ce qu'il imagine dans son esprit dépravé.

— J'aimerais pouvoir voir à l'intérieur de ta tête, je chuchote. Je veux savoir exactement ce que tu penses.

Il serre la mâchoire.

— C'est un soulagement que tu ne le puisses pas.

— Pourquoi ? je demande d'un ton joueur en le serrant. Tu as peur de ce que je pourrais découvrir ?

— Disons simplement que mes filtres sont là pour une raison. Si tu savais tout ce que je voulais te faire...

La couleur lui monte aux joues, et il déglutit difficilement.

Putain. Je me tortille sur mon siège, manquant presque de renverser mon café. Mon bassin irradie de chaleur, et je suis à nouveau mouillée.

— J'aimerais qu'on soit dans ton donjon maintenant, je murmure.

Il se penche pour embrasser ma clavicule et je sens ses dents gratter doucement ma peau. Je soupire, mêlant plaisir et frustration.

— Bientôt, promet-il, puis il s'écarte.

Je me réprimande pour m'être laissée distraire et j'avale le reste de mon latte. Ariana a besoin de notre aide, qu'elle le sache ou non.

Henderson demande le silence, puis nous informe

du déroulement des prochaines heures. Nous atterrirons sur une piste privée à Manchester, et nous nous rendrons d'urgence au lieu du mariage, une chapelle peu connue qui ne figure sur aucune liste des cent meilleurs lieux de mariage de la région.

— Où iront les autres ? demande Alistair.

Henderson cligne des yeux.

— Les autres ?

— Tous ceux sur l'avion en dehors de toi et moi, précise-t-il.

— Hé ! Qu'est-ce que je suis, moi ? s'exclame Christopher. De la chair à pâtée ?

— Euh, marmonne Henderson, lançant un regard gêné à Isobel.

— Nous venons avec vous, déclare-t-elle. Évidemment.

Alistair fronce les sourcils.

— Tu ne peux pas être sérieuse.

Isobel arque un sourcil parfait.

— Aussi sérieuse qu'une crise cardiaque.

— Mère, commence-t-il, déterminé à lui faire entendre raison. Il n'est pas question que—

— Ta mère a raison, dis-je en me levant. Ariana ne t'écoutera pas si tu es seul. Ce n'est pas quelque chose que tu peux résoudre avec une arme.

— Permets-moi d'être en désaccord, répond Alistair.

Je réessaie.

— Alistair. Tu as vu comment Ariana a réagi à l'hôpital quand tu as essayé de lui donner des ordres. Elle n'en voudra pas.

— Elle est vraiment une personne qui fait ses propres choix, murmure Brumilde. Elle l'a toujours été.

Isobel intervient.

— Autant que nous détestions l'admettre, Ariana est toujours une Redbrick. Elle a fait partie de la famille De Luca plus longtemps qu'elle n'a été avec nous. Elle est amoureuse de Sebastian et porte son enfant. Pour elle, *nous* sommes l'ennemi.

— Je n'avais pas l'intention d'essayer de la convaincre, réplique Alistair. Je la ramènerai à la maison, et nous verrons ensuite.

— Et comment ça s'est passé la dernière fois ? je demande.

Il me regarde, les yeux brûlant d'émotions mêlées. Amour, peur, colère, frustration.

— C'est la bonne chose à faire, chéri, dit Isobel. Elle doit nous voir comme une famille unie qui s'aime et prend soin les uns des autres et d'elle. Un endroit où elle et son bébé seront heureux et en sécurité. Toi et Henderson débarquant au mariage armes au poing n'est guère le bon message à envoyer.

— Je n'aime pas du tout ça, grogne-t-il.

— Moi non plus, dit Henderson doucement, mais je pense que c'est notre meilleure option si nous voulons qu'Ariana vienne avec nous.

Alistair dilate ses narines et secoue la tête. Je peux dire que chaque fibre de son être est mécontente de ce plan. Habituellement, il insisterait pour que les choses se passent à sa façon, mais il doit y avoir quelque chose dans notre argument qui le convainc. Soit ça, soit il sait qu'il ne gagnera pas contre les trois femmes les plus fortes de sa vie – ou les quatre plus fortes, si on compte Ariana.

— N'oubliez pas de l'appeler Ari, dis-je.

Isobel semble scandalisée.

— Nous voulons le moins de friction possible, j'explique. L'appeler Ari envoie le message que nous aimons et acceptons cette version d'elle, que nous n'essayons pas de la forcer à quoi que ce soit, ni de la changer. Que n'importe quelle version d'elle est la bienvenue.

— Je ne comprends toujours pas pourquoi ça se passe comme ça, marmonne Christopher. Pourquoi se marier ? Et pourquoi faire une cérémonie ? C'est complètement bizarre.

— Elle a toujours voulu un grand et beau mariage, renifle Isobel. L'Ariana que je connaissais, en tout cas.

— Je suppose qu'elle pense envoyer un message, dit Brumilde. Qu'elle fera ce qui lui plaît et qu'il n'y a rien que nous puissions faire.

Le corps d'Alistair se tend visiblement, et je vois que ses doigts sont serrés en poings.

— Il le fait pour l'argent, dit Henderson. Les Redbrick sont complètement finis. Morts ou endettés. Sebastian a besoin d'un afflux de trésorerie, sinon il ne peut pas faire fonctionner l'entreprise.

— Voilà donc ce qu'elle représente pour lui, dit Isobel amèrement. Du capital d'exploitation.

Je me souviens avoir dit à Alistair que leur querelle avec les De Luca me rappelait les Capulet et les Montaigu. Ce à quoi je ne m'attendais pas, c'était de voir Roméo et une Juliette enceinte se marier.

— Se marier avec les Ravenscroft pour l'argent,

soupire Christopher. Guère original, mais on ne peut pas blâmer ce fumier d'essayer.

— Encore une fois, je ne suis pas d'accord, dit Alistair, son expression traduisant une détermination mortelle.

CHAPITRE 4
Body pour bébé pare-balles

ALISTAIR

Je déteste ce plan. Il me remplit d'angoisse. J'aime avoir le contrôle total sur des missions comme celle-ci, et là, je suis déjà en position de faiblesse. Je n'arrive pas à croire qu'on emmène tout le cirque Ravenscroft directement chez les Redbricks. Ces êtres odieux qui ont tué Henderson père, qui ont failli tuer Henderson, et qui ont enlevé ma sœur quand elle était si jeune, innocente et influençable. Qui ont volé l'entreprise de mon père, fait sauter notre ligne de chemin de fer et criblé notre maison familiale de balles. Et mon moins préféré, Sebastian putain de De Luca, le seul membre de la famille encore en vie, qui a planté ses griffes dans ma petite sœur.

Les Redbricks sont peut-être morts et endettés, mais je ne serai pas en paix tant que Sebastian ne sera pas six pieds sous terre.

C'est une autre raison pour laquelle je ne veux pas que ma famille assiste à cette mascarade de mariage. Je veux pouvoir m'occuper de Sebastian comme je l'entends ; à la manière dont les hommes comme nous comprennent. Je n'ai aucun intérêt à jouer aux politiciens et à faire des compromis, pas avec lui. Maintenant, je vais devoir garder mon arme dans son holster et appeler ma sœur « Ari » pendant que j'essaie de la convaincre de rentrer avec nous au lieu d'épouser l'ennemi. Et tout cela avec un public qui nous observe. Putain de vie.

Ivy pose sa main sur mon avant-bras alors que nous fonçons vers la chapelle. Je tressaille, puis me détends. Je ne suis pas en colère contre elle — ni contre Mère, ni contre Brumilde — mais je pense toujours que c'est une idée terrible. Et je ne sais pas pourquoi tout le monde pense soudainement que cette famille est une démocratie, parce qu'elle ne le sera jamais. Pas tant que je serai aux commandes.

Et pourtant... je suis en minorité huit contre un sur cette décision particulière, alors j'essaie d'accepter que je n'ai peut-être pas toujours raison. Les femmes savent mieux que moi comment gagner la confiance d'Ariana. Je n'ai fait que me heurter à elle depuis nos retrouvailles. Plus je poussais, plus elle se rebellait et se repliait sur elle-même. Certaines choses, certaines personnes, ne peuvent pas être forcées. C'est une leçon difficile que je n'ai pas encore apprise.

— Ça va ? demande Ivy doucement. Ses yeux sont pleins d'excuses. Ça n'a pas dû être facile pour elle de me tenir tête devant tout le monde.

Je hoche la tête et lui serre la main. — Ça ira, quand tout ça sera fini.

Je vérifie que son gilet pare-balles est bien fixé. J'aimerais qu'il couvre son corps entier. J'aimerais qu'elle soit à la maison, en sécurité, avec Brumilde, Alex et les chiens.

— Est-ce que Henderson a trouvé un body pare-balles pour Alex ? plaisante-t-elle.

— Ce n'est pas drôle, je réponds, mais je lui serre à nouveau la main.

Nous avions convenu que Becks et Noah attendraient dans la voiture avec le bébé Alex, et ne l'amèneraient que si le lieu était complètement sûr et que nous avions besoin du charme supplémentaire du bébé pour aider Ariana à prendre la bonne décision. Je n'arrive pas à croire que nous utilisions un bébé comme outil de manipulation pour gagner la confiance d'une femme enceinte manipulée — encore une raison pour laquelle je déteste jouer aux politiciens. Je préférerais largement prendre d'assaut l'endroit et tirer quelques coups de feu avant d'attraper Ariana et de décamper. Peut-être que je suis juste un peu vieux jeu.

— Dix minutes, annonce Henderson en levant les yeux de son téléphone.

— À quoi doit-on s'attendre ?

— Brodie dit que c'est une cérémonie discrète, sans invités. Les caméras de surveillance les plus proches sont trop éloignées pour obtenir grand-chose.

Je secoue la tête. — Ça ne tient pas debout. Pourquoi ne pas simplement signer les papiers au tribunal ?

Brumilde renifle avec dérision, ce qui fait sursauter le bébé Alex qui se réveille. — Toujours aussi romantique !

— Oh, Mildew, dit Christopher avec affection. Tu sais que c'est *moi* le romantique de la famille.

Brumilde est sur le point de renifler à nouveau, et se couvre rapidement la bouche, ce qui fait rire Alex.

— Je peux être romantique, je marmonne, prétendant être offensé.

Ivy ricane, alors je lui pince le genou à son point chatouilleux pour la faire crier.

Henderson lève son téléphone, me montrant une image de la chapelle.

— Mignonne, dit Ivy.

— Elle est minuscule, je dis, soulagé. La dernière chose que je voulais, c'était un espace caverneux avec de multiples passages et des pièces secrètes.

— À quoi t'attendais-tu ? demande mon frère, voulant toujours avoir le dernier mot. Le Monastère ?

— Je ne sais pas à quoi m'attendre, je réponds sèchement. Ce qui est juste une des raisons pour lesquelles je n'aime pas ce plan.

Trop d'inconnues, trop de personnes, trop de choses qui peuvent mal tourner. Trop de choses hors de mon contrôle.

— Nous y sommes, dit Henderson, rangeant son téléphone et vérifiant son holster tandis que la voiture ralentit jusqu'à l'arrêt. Prêt ?

Mon estomac se noue. Je lui fais un signe de tête, et il ouvre la porte.

CHAPITRE 5

Mauvais Code

IVY

Le prêtre était prévu pour quatorze heures, et mon écran de téléphone m'indique qu'il est quatorze heures quatorze minutes. La tension émane littéralement d'Alistair. Ça le tue de nous avoir tous avec lui pour affronter quelqu'un d'aussi dangereux que Sebastian. Sur le trottoir devant la chapelle, Brumilde essaie de passer Alex à Becks, mais le bébé tend les bras vers Noah à la place. Becks lève les yeux au ciel, mais Noah semble ravi. Je suis certaine qu'ils auront une conversation plus tard sur le fait que Becks ne va définitivement *pas* avoir de bébé, jamais, au grand jamais, même dans ses rêves les plus fous. Non seulement parce que les bébés prolongent votre empreinte carbone d'environ cent ans, mais aussi parce que son corps n'est pas un incubateur destiné à produire des « soldats pour le patriarcat ».

Nous en avons longuement débattu, bien sûr. Je lui ai dit que ses bébés pourraient être les petits génies nanoscientifiques qui trouveraient la solution au réchauffement climatique et sauveraient la planète, ou même simplement des personnes gentilles ordinaires dont nous avons toujours besoin, mais elle insiste sur le fait qu'ils seraient répugnants. Becks m'a informée à plusieurs reprises qu'elle ne deviendrait pas une de ces mères harcelées aux seins qui fuient, incapable d'éternuer sans faire pipi dans son legging de yoga taché de purée.

Brumilde sourit avec gratitude à Noah, mais il est trop occupé à jouer avec Alex pour le remarquer. Becks ne sourit *pas*. Oui, ils vont définitivement avoir une discussion ce soir. J'espère qu'il y survivra.

À l'extérieur de la chapelle, rien n'indique qu'un mariage pourrait avoir lieu. Sa façade en pierre possède cette belle patine moussue et tachée par l'eau qui vient avec l'âge. Six énormes bouleaux argentés dénudés bordent le chemin menant à la porte d'entrée, qui est arquée et peinte couleur œuf de rouge-gorge. Nous traversons le jardin modeste et entrons dans la zone d'accueil, qui est vide et silencieuse, puis nous nous dirigeons vers le bâtiment principal.

Une partie de moi pense que nous sommes fous de faire ça, l'autre partie me dit qu'il serait fou de ne pas le faire. L'argent mis à part, un document légal liant Ariana à un Redbrick ne peut se terminer que par une déception amoureuse et des problèmes. Il y a beaucoup de choses que je n'aurais jamais pensé faire dans ma vie avant de rencontrer Alistair, et s'incruster à un mariage pour séparer le couple en est une. Ça semble complètement surréaliste alors que nous entrons tous, et ça n'aide pas que je porte toujours la robe blanche de notre fête de fiançailles improvisée, ainsi que la bague qu'Alistair m'a achetée au mont-de-piété de Koh Samui. Ce n'est pas la tenue d'une briseuse de ménage ordinaire, mais elle fera l'affaire.

— Arrêtez ! crie Alistair dès que nous apercevons les trois personnes debout à l'avant de la chapelle. J'imagine soudain que nous avons reçu de fausses informations pour nous détourner du lieu où le véritable mariage a lieu, mais ensuite je vois le visage choqué d'Ariana. Je ne devrais pas être surprise ; Brodie n'a jamais tort. Ariana nous fixe alors que nous nous précipitons pratiquement vers elle. J'observe son corps figé, enveloppé dans une robe fourreau en soie blanche, élégante mais simple. Elle est pâle, mince et a des cernes sous les yeux, mais elle parvient toujours à être belle. Quelques bourgeons blancs et des feuilles tendres sont tressés dans sa tiare, et tandis qu'elle nous regarde avancer, elle laisse tomber son petit bouquet de fleurs sauvages sur le tapis bordeaux.

— Arrêtez la cérémonie, ordonne Alistair, et le prêtre le regarde à travers ses lunettes bifocales, ses lèvres se plissant de confusion.

Je trouve Sebastian terriblement peu attirant alors qu'il nous regarde avec mépris. Il a un look graisseux, drogué, décharné. Un tatouage dépasse de son col lorsqu'il se tourne pour nous faire face. — Nous n'allons pas arrêter la cérémonie, alors vous feriez mieux de dégager, dit-il, s'attirant un regard désapprobateur de l'homme de Dieu.

— Allons, allons, frissonne le prêtre. Ce n'est pas nécessaire...

— Tais-toi, *pépé*, lance sèchement Sebastian. Et finissons-en.

Le prêtre se redresse, secoue la tête et s'éclaircit la gorge, prêt à continuer. Je suppose qu'il pense qu'il est plus intelligent de terminer rapidement plutôt que de se disputer avec ce marié qui empeste les accès de violence émotionnelle.

Alors qu'il ouvre la bouche pour continuer, Alistair l'interrompt. — C'est terminé, Sebastian. Cette farce de mariage, cette relation, cette emprise que tu as sur ma famille. Tout se termine aujourd'hui.

— Ma chère, dit le prêtre à Ariana. Avez-vous été... contrainte à ce...

Ariana est sur le point de protester quand Isobel s'avance. Elle a l'air majestueuse et déterminée. — Enlevée. Lavage de cerveau. Manipulée, dit-elle, à l'horreur du religieux. Ce mariage est annulé, et je ramène ma fille à la maison.

— Quand les poules auront des dents, siffle Ariana. Tu ne peux pas me dire quoi faire ! Je suis adulte !

— Ma chérie, répond Isobel doucement. Je pense que tu voulais que nous venions te chercher aujourd'hui. Pourquoi autrement te serais-tu donné tout ce mal ? ajoute-t-elle en désignant les magnifiques vitraux de la chapelle.

— Ce n'est pas du tout ce qui se passe ici, crache Ariana.

— Regarde-nous, dit Isobel. Regarde tes frères. Nous sommes tous là pour toi. Tu nous as tellement manqué, et nous voulons tous que tu rentres à la maison en sécurité. Si tu ne le fais pas pour toi, fais-le pour ton bébé.

Le prêtre semble moins scandalisé par cela que je ne l'aurais cru. Il s'est peut-être même suffisamment détendu pour apprécier le spectacle. Il aura enfin une histoire intéressante à raconter à ses amis au pub.

— Je vous ai tellement manqué que vous m'avez immédiatement envoyée dans cette prison !

Christopher ricane. — Arian-Ari. C'était une putain de station balnéaire cinq étoiles, espèce d'idiote. As-tu la moindre idée de combien ça a coûté ? As-tu déjà vu une vraie cellule de prison ? Non ? Eh bien, alerte spoiler : il n'y a pas de champagne pour le thé ni d'équitation à Bronzefield. Mais bon point, ils te laisseront probablement garder ton bébé.

Ariana croise les bras, mais ne répond pas. Peut-être qu'elle essaie de s'empêcher de faire ce geste automatique des femmes enceintes quand elles pensent à leur bébé — poser une main protectrice sur leur ventre à peine visible.

À en juger par l'apparence de Sebastian, j'ai l'impression qu'il y a eu très peu de luxe dans la vie d'Ariana. Alistair a dit que la famille avait eu des difficultés après la rupture avec les Ravenscroft, et nous savons avec certitude qu'ils sont maintenant complètement fauchés. Parler de thé et d'équitation ne touchera pas la bonne corde. Elle n'a pas besoin de cinq étoiles, elle a besoin de se sentir en sécurité.

— Je suis désolée si tu t'es sentie abandonnée quand nous t'avons envoyée au centre de réadaptation, dit Isobel. Le psychologue nous a assuré que c'était la meilleure solution. Tu étais si... sa voix s'estompe. Elle ne veut pas — ou ne peut pas — finir la phrase.

Alistair me regarde. Il sait que sa manière autoritaire avec Ariana ne fera que l'éloigner. J'avale mes nerfs et fais un pas en avant.

— Ari, je commence. Je sais que nous ne nous connaissons pas vraiment encore, pas correctement. Mais je suis de ton côté. Je ne dis pas ça pour essayer de te manipuler...

— Je me souviens que tu as pris ma défense à l'hôpital, dit-elle.

— C'est parce que je veux que tu aies la vie que *tu* veux. Pas la vie que Sebastian ou les Ravenscroft ou Alistair veulent pour toi.

Elle veut me croire, je peux le voir dans ses yeux.

— Je comprends maintenant que t'envoyer en réadaptation était une erreur. Nous pensions que ce serait la meilleure façon pour toi de... te rétablir...

— D'être *déprogrammée*, je crois, c'est ce que vous avez tous dit. Comme si j'étais un robot dysfonctionnel avec un mauvais code.

Je ferme les yeux, comprenant le niveau de trahison qu'elle a dû ressentir. Quand je les rouvre, ils sont embués. — Oh, Ari, je murmure. Elle a traversé tellement d'épreuves. — Nous pensions faire ce qu'il y avait de mieux, mais maintenant nous voyons à quel point nous nous sommes trompés. Tu t'es sentie abandonnée par ta famille après avoir été enlevée, pour être abandonnée à nouveau quand ils t'ont enfin retrouvée.

Les yeux d'Ariana se remplissent de larmes et ses lèvres se contractent. Elle essaie de maintenir son personnage de dure à cuire, mais ces vérités font mal.

— Je suis tellement désolée, s'écrie Isobel. Je n'y avais

pas pensé comme ça. La *dernière* chose, la *toute dernière* chose que nous voulions faire était de t'éloigner ou de t'*abandonner*. Je désespérais de t'avoir à la maison, dans mes bras, où je pourrais t'aimer et te protéger. J'ai écouté les médecins parce que je pensais être égoïste, voulant te garder à la maison au lieu de te confier aux soins de professionnels.

Ariana gémit. — Je ne vous avais pas vus depuis plus de vingt ans et vous m'avez renvoyée !

Nous reculons tous d'un pas, comme repoussés par la force de son émotion.

— Mon Dieu, Ari, dit Alistair en secouant la tête. Je suis tellement désolé.

— Un peu de perspective serait peut-être nécessaire ici, lance Christopher. Ou tout le monde a-t-il oublié que cette pauvre victime ici présente a fait une effraction et, littéralement, il regarde autour de lui pour s'assurer que tout le monde est attentif, *littéralement*, a tiré sur toute la putain de maison familiale, nous tuant presque au passage.

Le prêtre a repris son air consterné. S'il portait un collier de perles, il le serrerait certainement dans sa main. Sera-t-il même en vie pour raconter cette histoire au pub ce soir ? Tous les paris sont ouverts. Ça ne sert à rien d'être témoin de ce genre de drame si vous ne vivez pas assez longtemps pour le raconter.

Isobel parle entre ses dents serrées. — Elle n'était pas *elle-même* à ce moment-là, Christopher.

— Comment le sais-tu, Mère ? Je veux dire, ne faisons pas semblant de *connaître* vraiment cette personne.

— Je connais ma fille, répond Isobel, plus forte maintenant. Je connais Ariana et je ne cesserai jamais de la connaître. C'est une personne intelligente, créative, gentille... sous l'influence d'un homme mauvais.

Sebastian, qui est resté étrangement silencieux depuis qu'il a dit au prêtre de se taire, prend cela comme son signal.

— Finissons-en, dit-il à sa fiancée.

Ariana se tourne avec hésitation vers l'avant. Le prêtre s'affaire avec sa bible, essayant peut-être de gagner un peu de temps supplémentaire.

— S'il te plaît, Ariana, dit Henderson doucement. S'il te plaît, ne le fais pas. Je...

Des pas précipités depuis l'entrée nous font pivoter sur nos talons pour voir qui d'autre a l'intention de s'incruster à ce mariage. Je suis très surprise de voir que c'est Becks, essoufflée, portant deux boîtes cadeaux sans ruban.

CHAPITRE 6
Village

ALISTAIR

C'est quoi ce bordel ? Pourquoi Rebecca Bradley est-elle ici ? Ce n'était pas prévu.

— Où est Alex ? je demande.

— Il va bien. Il joue à cache-cache avec Noah.

Elle se tourne vers Isobel.

— Ceci est arrivé pour toi.

— N'ouvre pas ça, Mère. J'en ai assez des cadeaux explosifs.

— Oh, ne t'inquiète pas chéri, dit-elle. Ce sont les miens. J'ai demandé à Stacey de les récupérer, puisque nous n'avons pas eu le temps de rentrer à la maison.

Je lance un regard noir à Rebecca, qui hoche la tête.

— Elle a dit s'appeler Stacey Gannon. La femme qui l'a déposé.

Je serre les dents, me disant de laisser les femmes gérer cette situation. Elles sont infiniment meilleures dans ce genre de chose. Quand il s'agit de ma sœur, les solutions que je propose ne sont pas aussi délicates, ni efficaces. Je prends une profonde inspiration et soupire silencieusement. J'essaie d'être patient, mais j'ai cette sensation tenace que je passe à côté de quelque chose. Je regarde Sebastian d'un œil suspicieux. Pourquoi est-il si calme et silencieux ? Il se passe quelque chose ici, quelque chose de plus important que ce que nous savons. Mon anxiété monte, et je ressens soudain l'instinct de bouger.

— Nous devons sortir d'ici.

— J'ai besoin de dix minutes de plus, dit Mère. Ce qu'elle veut dire, c'est : *nous avons convenu de procéder ainsi, avec une persuasion aimante plutôt que par la contrainte. Ariana ne sera pas forcée.*

— Réduis à cinq, je réponds.

Ivy me regarde, essayant probablement de comprendre d'où vient cette soudaine précipitation, mais me faisant suffisamment confiance pour l'accepter.

Moi, en revanche, je ne suis pas si sûr de faire confiance à mes instincts comme avant l'épisode avec Anya. Je sais que les traumatismes reconfigurent le cerveau pour être vigilant, parfois même paranoïaque. J'ai appris cela quand le Dr Sandringham a diagnostiqué un SSPT à Ivy. Horrifié, j'ai fait des recherches, voulant résoudre le problème, pour seulement confirmer ma crainte qu'il n'y a pas de remède rapide et indolore. C'est logique, maintenant, que je puisse éprouver une hypervigilance. Je décrispe consciemment ma mâchoire. Je ne dois pas laisser ma paranoïa me gouverner ; je dois penser clairement.

Mère s'approche d'Ariana avec les boîtes cadeaux.

Ariana ne sait pas quoi en penser.

— Tu es venue ici pour empêcher le mariage, mais tu as apporté des cadeaux de mariage ?

— Ce ne sont *pas* des cadeaux de mariage, répond Mère.

J'aimerais qu'elles se dépêchent. Je vérifie automatiquement ma montre, bien que l'heure n'ait pas d'importance. Je me rappelle que nous portons tous des gilets pare-balles, juste pour me rassurer.

— Ce sont des tentatives pour te persuader de rentrer à la maison, dit-elle doucement, et elle retire le couvercle de la première boîte. Ariana déglutit. À l'intérieur de la boîte se trouve sa couverture de bébé.

Sebastian lève les yeux au ciel, sa patience arrivant presque à son terme.

Ariana prend lentement la couverture rose usée et la tient contre sa joue. Sa voix est un murmure rauque.

— Elle sent toujours pareil.

Coup de maître, Mère, je pense. La vieille dame sait vraiment sortir un lapin de son chapeau.

— Te souviens-tu de l'amour que tu as ressenti en grandissant dans notre maison ? demande Mère. Tu étais la préférée de tous.

Je m'attendais à un grognement de Christopher, mais il se montre mature pour une fois.

— Pense à l'amour que nous pouvons t'offrir, à toi et à ton bébé. Tu nous auras tous pour t'aider. Ton bébé sera entouré d'amour.

Elle ne dit pas qu'élever un bébé dans la misère avec

Sebastian sera un cauchemar, mais la comparaison est claire.

— Et regarde ça, dit-elle en montrant une paire de chaussons en laine. De beaux chaussons faits main.

— Tu ne tricotes pas, dit Ariana.

— D'accord, c'est Brumilde qui les a tricotés, évidemment. Je ne saurais par quel bout tenir une aiguille à tricoter. Mais c'est là tout l'intérêt, n'est-ce pas, ma chérie ? Il faut tout un village pour élever un enfant, et *nous sommes ton village.*

L'expression d'Ariana s'adoucit. Après tant d'années de lavage de cerveau, combien de temps faudra-t-il pour l'atteindre, pour percer ces épaisses toiles d'araignée de manipulation ?

— On n'a pas toute la journée, ma belle, dit Sebastian, mais son langage corporel raconte une autre histoire. Il s'appuie contre le banc avant, jambes nonchalamment croisées, et sort sa vapoteuse. Le subtil parfum de cire et d'encaustique de la chapelle est étouffé par la fumée toxique à l'odeur de pomme de cet homme. Une fois de plus, je suis méfiant face à sa patience, et une fois de plus, je me rappelle que la paranoïa ne sert personne. Il sait aussi bien que nous que pousser Ariana dans n'importe quelle direction ne marche tout simplement pas. C'était le genre de bambin qui s'asseyait simplement au milieu d'un lieu public et refusait de bouger d'un centimètre s'il sentait qu'on l'obligeait à faire quelque chose. On pouvait lui donner le cupcake le plus délicieux, mais si on lui disait qu'elle devait le manger, elle refuserait. La stratégie des femmes est la meilleure : attraper le singe lentement.

— Qu'en dis-tu, Ari ? demande Mère. Vas-tu rentrer avec nous ? J'ai fait rafraîchir ta chambre. Je voulais te faire la surprise quand tu rentrerais à la maison.

Ariana reste silencieuse, ce qui est mieux qu'un refus immédiat.

— J'allais aussi préparer la chambre du bébé, mais j'ai pensé que ce serait charmant si nous pouvions décider ensemble de la décoration.

Nous regardons tous Ariana, espérant le plus petit hochement de tête. Il ne vient pas.

— J'ai déjà acheté le berceau. Je n'ai pas pu m'en empêcher !

La voix de Mère est émotive mais confiante.

— C'est la chose la plus belle qui soit. Mais nous le retournerons, si tu en préfères un différent. Ou si tu en as déjà un.

Astucieux, je pense, suggérant subtilement qu'Ariana sera mal préparée pour ce bébé sans nous.

— On viendra le chercher, dit Sebastian, s'attirant un regard glacial de Mère. Quelle insolence. Juste comme ça, le terrain de jeu semble nivelé. Le bébé d'Ariana aura un berceau où dormir, peu importe avec qui elle choisira de rentrer.

Je regarde ma montre à nouveau. Nous devons vraiment partir. Nous ne sommes pas venus ici pour un jeu de cinq jours. C'était censé être une extraction rapide.

Sebastian souffle sa fumée en un long filet mince, fronçant les sourcils alors qu'il médite la situation dans sa tête.

— On va le faire ou pas ?

Le prêtre déglutit, prêt à poursuivre la cérémonie.

Sebastian saisit le poignet d'Ariana et la tourne vers l'avant à nouveau. Elle se dégage de sa prise, le fusille du regard, et se retourne vers nous, s'adressant à Mère.

— Qu'y a-t-il dans la deuxième boîte ?

CHAPITRE 7
Un Nid de Vipères

IVY

Il y a tellement de tension dans la chapelle que je suis étonnée que les vitraux ne se fissurent pas. J'imagine qu'un bâtiment aussi ancien a déjà vu sa part de drames.

— Je ne veux pas ouvrir la deuxième boîte, dit Isobel, ce qui déconcerte tout le monde. J'imagine qu'elle porte une étiquette indiquant de ne l'ouvrir qu'en cas d'urgence. — S'il te plaît, ma chérie, mettons fin à ce malheureux chapitre et recommençons. Il y a eu tant de déchirements dans notre passé. Ne nous y attardons pas. Nous avons tant à espérer. Rentre avec nous. Dans ta *vraie* maison.

— Ils veulent nous séparer, grogne Sebastian. Ils veulent éloigner le père de ton bébé. Ils ne se soucient pas de toi. Tu le sais, au fond de toi. Tu te souviens de ce que tu as ressenti quand ils n'ont pas cherché à te retrouver, quand nous t'avons adoptée.

Alistair est incandescent de rage, les poings serrés.

— Et ne crois pas toutes ces histoires de *village*,

poursuit Sebastian. Ils vont simplement te renvoyer dans cette cellule de prison comme avant. Ce n'est pas parce qu'on y sert du caviar au petit-déjeuner et qu'il n'y a pas de barreaux aux fenêtres que ce n'est pas une prison.

— Euh, répond Christopher. En fait, je crois que c'est exactement ce que ça signifie.

Ariana scrute nos visages, essayant de déterminer si nous tentons de la piéger comme elle l'a été auparavant. Comment pourra-t-elle un jour faire confiance à qui que ce soit ?

Je remarque que Becks est toujours là. Le drame qui se déroule est comme un hameçon planté dans mon cœur.

— Il n'y a pas de pièges ici, Ari, dis-je doucement. Pas de ruses. Pas de plans cachés. Juste un foyer, de l'amour et un sentiment d'appartenance. Ta famille est merveilleuse. Un peu folle, c'est sûr, mais ils feraient n'importe quoi pour toi. Imagine tout l'amour qu'il y aura pour ton bébé. Pense à quel point Brumilde est formidable avec les enfants. Retourner à la maison, ce sera comme débloquer une vie entière de bonheur pour ton enfant.

Sebastian jette sa cigarette électronique à travers la salle. Elle se brise contre un banc et tombe avec un tintement décevant sur le sol de pierre. Il sait qu'il est en train de perdre cette bataille. — J'en ai assez maintenant. Où étiez-vous tous pendant toute sa vie, hein ?

Ma mâchoire se décroche. Cet homme a réussi à se laver le cerveau en même temps qu'Ariana. Isobel est furieuse. Alistair fait un pas menaçant en avant. Il va adorer enfoncer son poing dans la face suffisante de Sebastian.

Nous sommes si près du but, ai-je envie de lui dire. *Ne laisse pas la situation dégénérer dans le chaos.*

Sebastian regarde le prêtre d'un air menaçant. — Dites ce que vous avez à dire, rien de ces trucs sur Jésus, et signons les papiers, d'accord ?

Les yeux du prêtre s'écarquillent, cherchant notre guidance sur la marche à suivre. Il n'a pas à attendre longtemps, car Sebastian sort un pistolet et le pointe directement sur le visage cireux de l'homme. Le prêtre sursaute, puis fouille maladroitement dans ses notes. Comme une ligne mortelle de dominos qui tombent, le geste de Sebastian fait que Henderson saisit son arme, puis Alistair, et enfin Christopher.

Juste comme ça, nous sommes passés d'une conversation à peu près civilisée à quatre armes chargées prêtes à faire feu. Mon estomac se serre si fort que j'ai presque envie de vomir. C'est dans ces moments que les choses peuvent très mal tourner, très vite. Je suis sûre qu'Ariana a aussi un pistolet attaché à sa cuisse, mais ne l'a pas sorti parce qu'elle ne sait pas vers qui elle devrait le pointer. Quelque chose d'emprunté ; j'imagine le revolver dans un froufrou de jarretière en dentelle blanche.

— Laisse le prêtre tranquille, Sebastian, dit Alistair.

— Ces putains de Ravenscroft, crache Sebastian, en tournant son pistolet vers Alistair. Ils pensent toujours qu'ils peuvent dire aux autres ce qu'ils doivent faire. Ils pensent toujours qu'ils peuvent prendre ce qu'ils veulent.

— C'est ton père qui a pris ce qu'il voulait du mien, répond calmement Alistair. Tu ne le saurais pas. Tu étais

un enfant. Angelo a presque ruiné notre famille financiè-
rement, et ensuite émotionnellement.

— Mensonges, grogne Sebastian. Il regarde Ariana. — Tu vois avec quelle facilité les mensonges sortent
de leur bouche. Tu ne peux pas leur faire confiance. Un
nid de vipères. Je ne veux pas que mon enfant s'approche
de ces putains de Ravens maléfiques.

L'expression d'Ariana est tendue, et elle est plus pâle
que jamais. Nous ne pouvons pas attendre d'elle qu'elle
prenne la bonne décision dans ce genre de situation. Elle
est trop traumatisée, trop vulnérable, trop exploitée.

Je fais un pas vers elle. Je prendrais sa main, mais j'ai
peur que Sebastian me tire dessus. — Viens avec moi,
Ari, dis-je doucement. Allons quelque part en sécurité.

Ariana fait un léger signe de tête, et je pense avoir
gagné. Je souris, puis un coup de feu retentit.

CHAPITRE 8

Doigt sur la gâchette

ALISTAIR

Putain de Christopher et son putain de doigt trop nerveux sur la gâchette.

La balle manque de peu le prêtre en sueur et ricoche contre le mur de pierre derrière lui. Personne n'est blessé, à moins qu'on ne compte la quasi-crise cardiaque de l'homme de Dieu.

Tout le monde crie en même temps. *Stop, stop, stop.* L'odeur de poudre imprègne l'air. Des gestes chaotiques pour cesser le feu. Je jure que Sebastian est sur le point de m'envoyer une balle juste une seconde avant que je ne lève les bras en signe de reddition. Il y a trop de personnes que j'aime dans cette pièce. Nous devons désamorcer la situation.

— Ne tirez plus, dis-je. C'était un accident. Christopher n'avait pas l'intention de tirer.

Christopher, embarrassé, baisse les yeux. Quel clown.

— Vraiment ? Un *accident* ? exige Sebastian. Posez vos armes, alors.

Merde.

— Peut-être que je vais aussi avoir un petit *accident*. Peut-être que je n'aurai pas vraiment l'intention de te tirer dans la figure. Mais ce sera quand même une balle, non ?

Ariana est comme une page blanche ; c'est trop pour elle. Elle ne devrait pas avoir à endurer ça. Je sens ma colère revenir. Je pose mon arme.

— Tous ! crie-t-il, et tout le monde s'exécute, poussant les armes vers les pieds du prêtre.

Mère semble bouleversée, mais pas encore vaincue.

— Maintenant, traîne Sebastian, heureux d'être à nouveau aux commandes. Il agite son arme en direction du prêtre. Dites les mots magiques et nous quitterons votre petite église sans y répandre de sang.

Le malheureux prêtre me regarde, et je lui fais un bref signe de tête. Je ne laisserai pas cet homme mourir pour ça. Laissons Sebastian et Ariana avoir leur ridicule cérémonie. Ça ne signifie rien tant que les documents légaux ne sont pas signés, ce que je ne vais pas permettre.

Mère, cependant, a d'autres plans. Elle a toujours sa deuxième boîte-cadeau. À ce stade, j'espère que c'est une arme chargée.

— Nous n'aurions jamais dû t'envoyer au centre de réhabilitation, ma chère Ari, dit-elle. Tu n'avais pas besoin d'une déprogrammation cinq étoiles. Tout ce dont tu avais besoin, c'était la vérité.

Ariana regarde Mère ouvrir la boîte. Je pense

qu'elle est peut-être tellement brisée à l'intérieur qu'elle ne sait plus quoi penser ou dire. Ses yeux sont terriblement éteints. Tout le monde se penche en avant ; tout le monde veut connaître la vérité sauf Ariana.

— Attendez, dit Henderson, brisant son silence avec cette douceur qui lui est propre.

On pourrait penser qu'il serait trop gentil pour être garde du corps, mais c'est tout le contraire. Son affection profonde pour les gens les garde en sécurité. Quand il était petit, Mère l'appelait Harry au Grand Cœur.

Sebastian, frustré au-delà de toute mesure, tourne son arme vers Henderson. — Ne commence même pas, prévient-il, en plissant son visage de rongeur.

Henderson ne lui prête aucune attention, mais s'adresse plutôt à la mariée.

— Ariana, il utilise son nom complet. Elle ne le corrige pas. Je t'ai toujours aimée.

Il y a une inspiration audible ; pas tout à fait un halètement, car ce n'est pas un choc, pas vraiment. Nous savions tous que Harry et Ariana étaient destinés à être ensemble. Ils étaient inséparables enfants, et il y avait une compréhension tacite que si quelqu'un s'en prenait à ma sœur, il leur ferait perdre connaissance. Malgré sa nature douce, nous le croyions tous. Ariana et Henderson étaient les meilleurs amis du monde, et quand les choses ont mal tourné, quand ça comptait vraiment, il a pris la balle pour elle.

Malgré la situation précaire, je ressens une vague de frissons, et ce n'est pas causé par l'air froid de la chapelle. Nous pensions tous qu'ils se marieraient. De toute façon, il était l'un des nôtres, faisait partie de la famille, donc cela avait du sens de le rendre officiel.

Les lèvres d'Ariana s'entrouvrent légèrement tandis qu'elle observe Henderson.

— Je sais que nous n'étions que des enfants, mais je t'ai aimée toute ma vie. Henderson se permet un demi-rire et nous regarde. Je vous aime tous. Vous êtes ma famille. Il se tourne à nouveau vers Ariana. Mais toi et moi. Nous avions quelque chose de si spécial. C'est un amour qui n'a jamais faibli, même quand je te croyais morte. C'est pourquoi je n'ai jamais eu de rendez-vous. Ce serait injuste parce que personne ne pourrait se comparer à toi. Aucune connexion ne s'en approcherait. Tu as mon cœur, Ariana, que tu le veuilles ou non.

Ariana cligne des yeux, comme si elle se réveillait d'un long rêve. Comme si Henderson était le prince qui a embrassé la Belle au bois dormant.

— J'étais heureux de prendre cette balle pour toi, finit-il. Je ferai n'importe quoi pour toi, que tu partages mes sentiments ou non.

Il attend un moment pour lui permettre de parler, mais elle reste silencieuse, malgré sa bouche ouverte.

— Je suis désolé de t'avoir convaincue d'aller dans ce centre. Nous croyions vraiment que c'était la meilleure chose pour toi. Comme l'a dit Mme Ravenscroft, nous aurions préféré te ramener simplement à la maison et prendre soin de toi. Ses yeux brûlent de la vérité de ses paroles. On peut pratiquement voir Henderson installant Ariana confortablement sur le canapé devant un feu, avec des couvertures, du thé fumant et des friandises. Une image bien différente de ce que nous avons maintenant — debout dans l'air glacial de cette église avec des armes froides et la peur qui nous monte le long de la colonne vertébrale.

Nous regardons Ariana avec espoir. Est-ce que ce sera enfin ce qui brisera le sort sous lequel elle se trouve ?

Le prêtre avale sa salive de façon audible. Ce drame a duré beaucoup trop longtemps.

— Il est temps d'en finir, dis-je.

— Bonne idée, acquiesce Sebastian, saisissant le poignet d'Ariana et faisant signe au prêtre de terminer. Concluez, le vieux.

Ariana se dégage. — Je, euh...

C'est toute la confirmation dont Henderson a besoin pour marcher jusqu'à elle et la serrer fort dans ses bras. Il lui murmure quelque chose, aimant et protecteur, et elle se penche vers lui, hochant la tête, presque sur le point de s'évanouir.

Le visage de Sebastian se tord de fureur, irradiant de colère face à cette trahison profonde et inattendue. Je trébuche vers lui alors qu'il dirige son arme d'Henderson vers Ariana. Son doigt presse la détente, et nous crions tous de consternation lorsque la détonation explosive retentit.

CHAPITRE 9
L'Aura Cramoisie de la Mort

IVY

Ma bouche est grande ouverte alors que je commence à comprendre ce que j'ai fait. Je regarde le pistolet dans ma main, puis relève les yeux vers le corps inerte de Sebastian, le sang qui l'entoure comme un macabre halo ; une aura cramoisie de mort. Ma bouche est peut-être ouverte, mais je n'arrive pas à respirer. J'essaie de haleter, mais l'air ne passe pas. Ma gorge refuse de le laisser entrer. Je produis un horrible bruit d'aspiration, laisse tomber le revolver, et commence à basculer en avant, comme si j'allais vomir. Je tombe dans des bras puissants tandis que des lèvres inquiètes me murmurent des mots et m'embrassent.

— Ça va aller, ça va aller, ça va aller, murmure Alistair. Sa main est dans la mienne, caressant la paume qui vient d'ôter la vie d'une personne, effleurant le doigt qui a appuyé sur la détente.

Je laisse échapper un sanglot.

— Respire, me chuchote-t-il dans le cou. Je te tiens. Tu vas bien. Respire maintenant.

Je secoue la tête. Je ne peux pas. Ça ne fonctionne pas. J'ai tué quelqu'un. Je ne respirerai plus jamais.

— Ivy, dit-il avec un peu plus d'autorité dans la voix. Tu es en sécurité. J'ai besoin que tu respires. Sa main se pose sur le devant de mon cou. Il le tapote légèrement. Ces muscles. Tu dois les détendre.

Je veux m'effondrer par terre. Les étoiles que je vois m'invitent à m'écrouler. Il frotte sa joue contre la mienne, embrasse mon pommeau.

Je parviens enfin à prendre une longue respiration laborieuse. Ça me rappelle quand j'ai failli me noyer dans l'océan. D'autres voix se bousculent : Becks et Isobel. Brumilde.

— Laissez-lui de l'espace, ordonne Alistair.

J'ai tué quelqu'un.

J'ai tué quelqu'un.

J'ai tué quelqu'un.

— Je ne s-s-sais pas ce qui s'est p-p-passé, je sanglote.

— Moi, je sais ce qui s'est passé, répond Alistair, fort et stable. Tu as sauvé Henderson et Ariana. Tu es une putain de légende.

Ma respiration se fait par petits halètements. — J'ai t-t-tué quelqu'un. Je suis une... tueuse.

— Tu n'es pas une tueuse. Tu as *arrêté* un tueur.

— Je ne... voulais pas.

— Tu les as sauvés, Ivy. Sebastian-

Je tressaille à ce nom.

— Il était à une fraction de seconde de tuer ma sœur et mon meilleur ami. Tu l'as arrêté. Merci.

Je ne voulais pas le faire. C'est arrivé, c'est tout. Quand le visage de Sebastian est devenu furieux comme ça, il s'est transformé en Jeff.

— J'ai vu J-Jeff, j'explique. Jeff qui essayait de me t-tuer. Qui essayait de faire du mal à Jamie. Je devais l'arrêter.

— Je comprends, murmure Alistair. C'est logique. Mais c'est fini maintenant, et tout le monde est sain et sauf grâce à toi.

Je secoue la tête. — Non. Personne n'est en sécurité. Qu'est-ce que je suis devenue ?

— Tu n'es devenue rien du tout. Tu es toujours ma précieuse Ivy.

Tout ce que j'entends, c'est *Poison Ivy*. Jeff avait raison à mon sujet.

— Allons quelque part où je pourrai prendre soin de toi.

J'ouvre à nouveau les yeux, sans m'être rendu compte qu'ils étaient fermés. Tout le monde me fixe avec inquiétude et choc dans le regard. Henderson et Ariana se tiennent la main. Le prêtre a disparu. Je détourne le regard, ne voulant pas revoir le cadavre de Sebastian. Il me hantera déjà chaque minute de chaque jour. Le père du bébé d'Ariana. D'abord il y avait Jeff dans mes cauchemars, maintenant Sebastian va le rejoindre. Les vitraux sont trop lumineux, trop colorés. Alistair a raison, nous devons partir. Je hoche la tête, et il commence à me guider à travers la chapelle.

Christopher ramasse son arme et me fait un signe de tête. Je me contente de cligner des yeux. Nous sommes l'équipe des tueurs. Quand Sebastian nous a dit de poser nos armes, Christopher a donné un coup de pied à la sienne vers moi au lieu de l'avant de la chapelle. J'étais confuse, certaine que Sebastian le remarquerait, mais il était trop agité pour compter les armes aux pieds du prêtre. Je n'allais pas la ramasser, peu importe combien Christopher me regardait du coin de l'œil.

Puis Henderson a brisé mon cœur avec sa confession à Ariana et je me suis sentie comme si je pédalais dans le vide avec l'espoir qu'elle accepte son offre d'amour et de protection. Ensuite j'ai vu la fureur de Sebastian et Jeff était là, juste devant mon visage, me hurlant dessus, ses veines palpitant et sa salive atterrissant sur ma joue. Et puis j'ai appuyé sur une détente que je ne savais même pas toucher.

— Tu es la femme la plus incroyable que j'aie jamais rencontrée, me dit Alistair à l'oreille.

Je gémis.

— Il serait impossible de t'aimer plus que je ne t'aime. Impossible.

Je sais ce qu'il fait – il essaie de me ramener sur terre avec une affection douce mais solide. Il tente de me stabiliser, sinon je vais m'envoler ou m'enfoncer dans le sol. Je rêve de monter dans la voiture avec lui seul et de m'allonger, ma tête sur ses genoux pendant qu'il caresse mes cheveux et me dit que je suis la seule. Cela éloignera la douleur – la douleur aiguë que je sens se précipiter vers moi – la conscience que j'ai pris la vie d'un autre être humain. Quelqu'un tire sur mon bras. C'est Becks. Je la regarde, les yeux écarquillés, pour voir si elle me déteste, mais il n'y a que de l'amour et de l'empathie dans son expression.

Je désespère qu'elle dise quelque chose alors que les larmes remplissent mes yeux.

— Tu as fait ce qu'il fallait, Ives, dit-elle.

Je réponds sans mots. *Tu es sûre ?*

Becks serre ma main. — Tu as fait la seule chose qui était juste.

CHAPITRE 10
Tu m'as épargné une balle

ALISTAIR

Je dois sortir Ivy d'ici. Elle est presque catatonique sous le choc. Je me sens comme un animal sauvage qui la protège, prêt à montrer les dents si quelqu'un ose s'approcher d'elle. Mon propre choc face à ce qu'elle a fait est électrisant, alors je n'ose même pas imaginer ce qu'elle ressent. J'étais tellement certain que c'était l'arme de Sebastian qui avait tiré, et je m'attendais à voir Ariana ou Henderson tomber, mais ensuite Sebastian s'est effondré, et je me suis retourné pour voir le revolver dans la main d'Ivy.

Je n'oublierai jamais l'expression sur son visage. Il n'y avait rien d'autre que de la terreur.

Aucune satisfaction d'avoir atteint sa cible, aucun soulagement d'avoir écarté le danger, juste une pure terreur.

— Ma pauvre Ivy, je murmure, en la gardant près de moi.

Ses pas sont lents et maladroits, ce qui ralentit notre

progression. Nous avons besoin du Dr Sandringham pour nous aider à gérer cette nouvelle situation. Je jette un coup d'œil à Ariana, qui a lâché la main de Henderson et se lamente au-dessus du corps de Sebastian, son expression agitée tandis qu'elle tente de démêler ses sentiments contradictoires. Henderson rassemble nos armes et nous les rend. Je serre son épaule un instant et le remercie pour ce qu'il a dit. Il hoche la tête, mais ne répond pas.

Bordel, quel putain de gâchis. Mais au moins, nous sommes de l'autre côté maintenant. Plus de Redbricks à craindre. C'est un énorme soulagement après plus de vingt-sept ans de rivalité. Et avoir récupéré Ariana !

Je veux rentrer chez moi, et je ne veux plus jamais remettre les pieds à Manchester.

— Vous devez partir ! s'écrie Ariana, agenouillée dans le sang de Sebastian.

Henderson revient vers elle et essaie de l'aider à se relever, mais elle ne bouge pas.

— Vous devez tous partir, lui dit-elle, le désespoir dans la voix.

Quelque chose fait tilt dans mon cerveau.

Elle ne nous demande pas de partir pour avoir un moment avec son fiancé mort. Elle nous avertit. Elle veut que nous partions pendant que nous le pouvons encore, exactement comme mon instinct initial me l'avait dit.

Putain.

— Qu'est-ce que tu as fait ? je lui crie. Ariana ! Qu'est-ce que tu as foutu ?!

Elle tremble en réponse, et alors je sais qui franchit les portes de la chapelle avant même de les voir.

La voix d'Anya dans ma tête disant : *C'était sur invitation.*

Qui d'autre qu'Ariana, sous l'emprise de Sebastian ?

Maintenant, cette ridicule cérémonie de mariage a un sens. Ils voulaient que nous venions à eux, et nous l'avons fait, comme des agneaux stupides qu'on mène à l'abattoir.

Les portes s'ouvrent avec fracas, exactement comme je le savais, et six membres de la Bratva Mirror entrent, y compris le patron. Leurs mitrailleuses automatiques vont dévorer nos modestes revolvers au petit-déjeuner.

Mikhail Kuznetsov est impeccablement vêtu, de son costume sur mesure à ses lunettes de designer à monture noire. Le voir en chair et en os me fait passer une vague de peur dans l'estomac.

Ivy se fige. Je ne la lâche pas.

Le bruit des portes qui se ferment et qu'on verrouille nous fait tous les deux trembler.

— Monsieur Ravenscroft, dit le Baron de Verre, savourant chaque mot. Nous nous rencontrons enfin.

— Kuznetsov, je hoche la tête.

— Comme c'est gentil d'avoir amené toute votre famille, dit-il, la menace dans sa voix tranchante comme de la glace. Mais je vois que nous arrivons trop tard pour certains. Il daigne à peine regarder le cadavre à l'avant.

— Dommage collatéral, je réponds. Pas de la famille.

Mikhail rit. — Pas de la famille, en effet. Le contraire, en fait. *Da ?*

Les De Lucas étaient-ils le contraire de la famille ? Oui, je suppose que oui. — Da.

— Eh bien, merci de m'avoir épargné cette peine, dit Mikhail.

Quand je fronce les sourcils, il hausse les épaules. — De Luca avait perdu son utilité, et il était trop... *volatile* à mon goût. Tu m'as épargné une balle.

— Chaque balle compte, je réponds froidement.

Les De Lucas étaient le moyen utilisé par Mikhail pour s'infiltrer dans mes affaires, et maintenant qu'il s'est finalement implanté, il n'a plus besoin d'eux. Tout comme il n'avait plus besoin de Mariya Ivanov, l'envoyant hors de leur lieu de rendez-vous habituel à l'hôtel dans un sac mortuaire noir. Les vies ne valent pas cher pour Mikhail Kuznetsov. Je me demande combien il en a prises.

— Pourquoi es-tu là ? je demande. Que veux-tu ?

Il émet un rire laid. — Tu as vraiment besoin de demander ?

Bien sûr que je sais ce qu'il veut. Il veut mon entreprise. Mais, plus encore, il veut toute ma famille morte, et il veut me faire regarder ça se produire.

Mes yeux ne cessent de scruter les différentes brutes de la Bratva. Cinq plus Mikhail. Nous n'avons aucune chance contre leurs armes.

— Laisse partir les femmes, je dis. Et nous réglerons ça entre hommes.

Christopher pâlit.

— Ha, dit Mikhail sans joie. Laisser partir les femmes ?

Je le fixe du regard.

Il ricane. — C'est amusant.

— C'est amusant ? je demande.

— Très amusant, répond Mikhail. Parce que quand tu étais avec Anya, tu ne l'as pas laissée partir, n'est-ce pas ?

Anya était une sadique psychotique, j'ai envie de lui dire. — Je n'avais pas le choix, je dis à la place.

— On a toujours le choix, répond-il. Et tu as mal choisi.

— Légitime défense, je dis. J'ai une famille dont je dois m'occuper. Tu comprends sûrement ça.

— Je le comprendrais, si c'était vrai. Mais mon ordre direct à Anya était de te garder en vie, et ma fille n'a jamais désobéi à mes ordres. Ce n'était pas de la légitime défense, Monsieur Ravenscroft. C'était un meurtre.

— Je suis désolé que tu le voies comme ça, je réponds.

— Anya était très, très importante pour moi, poursuit-il. Elle était la meilleure fille qu'un homme puisse souhaiter.

Bien sûr, je pense en moi-même, si tu aimes les psychopathes. Alors elle est de première classe.

— Super intelligente, avec un don pour les affaires et la technologie qu'aucun de mes autres enfants ne possède. Elle allait reprendre l'entreprise. C'est quelque chose vers quoi elle travaillait depuis qu'elle était en couches.

Oui, je peux imaginer une version bambin d'Anya poignardant sa poupée Barbie, puis piquant une crise parce qu'elle ne saignait pas.

— Tu te rends compte, Monsieur Kuznetsov, que rien de tout cela ne serait arrivé si tu n'avais pas attaqué ma famille en premier lieu. Ta fille serait bien vivante si tu étais resté loin des Ravenscrofts.

Mikhail serre les dents. Il se fiche de ma logique. Il veut juste se venger. — Tu m'as pris ce que j'avais de plus précieux, siffle-t-il, et maintenant je vais prendre ce que tu as de plus précieux.

Ivy se rapproche de moi. *Non non non*, je peux entendre son corps dire. Elle ne survivra pas si le Baron de Verre l'emmène – mais je suppose que ce n'est pas sa survie que Mikhail veut.

— Seulement sur mon cadavre, je réponds.

Mikhail ricane. — Si tu insistes.

CHAPITRE 11
Je tremblerai pour toujours

IVY

Je préférerais me mettre une balle dans la tête plutôt que de partir avec cet homme répugnant qui dégage une violence à l'odeur de sang. Je n'irai pas, je décide. Je préfère mourir.

Je tremble encore d'avoir tiré avec l'arme — j'ai l'impression que je tremblerai pour toujours.

— Je suis sûr que nous pouvons parvenir à une forme d'accord, dit Alistair. Il est ébranlé, mais reste calme et maître de lui-même. J'ai de nombreux actifs très rentables que vous pourriez vouloir reprendre.

— Ce n'est pas une question d'argent, grogne Mikhail.

— Bien sûr que c'est une question d'argent. Pour quelle autre raison auriez-vous commencé toute cette affaire, ce désastre ? Vous vouliez contrôler la distribution au Royaume-Uni, et vous pensiez que nous la prendre était le meilleur moyen d'y parvenir. Il y a eu beaucoup de souffrance et de sang versé à cause de votre décision. Ne laissez pas tout cela être en vain. Vous pouvez avoir la Granite Line. Vous pouvez avoir nos opérations en Colombie et au Vietnam. C'est plus d'un milliard de livres que je suis prêt à vous céder immédiatement.

— J'aime ce plan, dit Mikhail, faisant s'envoler mon cœur. Mais je l'aimerais davantage si vous étiez tous morts.

L'un de ses sbires ricane.

— Je vais prendre vos actifs, merci. Ceux que vous avez offerts et plus encore. Mais je n'ai pas besoin que vous soyez vivants pour me les donner. Ce sera probablement plus facile pour tout le monde si vous n'étiez plus dans le paysage.

— Vous ne pouvez pas, dit Christopher, calmement mais fermement. Notre système de sécurité est à la pointe de la technologie. Vous n'y entrerez jamais.

Mikhail balaye cette pensée d'un geste. — Je suis sûr que si je paie les bonnes personnes pour le pirater, elles y arriveront.

— Vous ne comprenez pas, dit Christopher. Il y a des mines antipersonnel plantées partout. Si vous essayez de pirater le système, le système vous piratera. Votre argent disparaîtra du jour au lendemain, et vous ne saurez pas ce qui s'est passé.

Mikhail fronce les sourcils en regardant le skinhead à côté de lui, qui est plus tatouage que personne réelle. Un tampon d'encre de prison ambulant. — Est-ce possible ?

L'homme fait la moue et hausse les épaules. — J'en ai entendu parler.

Christopher poursuit. — Nous avons eu des pirates

de crypto qui ont essayé de voler notre Ethereum en novembre. Ils n'ont pas obtenu un centime, et à la fin décembre, notre système de sécurité avait siphonné chaque Bitcoin qu'ils possédaient. Le système fonctionne encore plus efficacement avec les devises nationales, comme les roubles.

— Mais si vous nous laissez sortir d'ici sains et saufs, nous vous remettrons les clés, ajoute Alistair. Vous pouvez tout avoir.

C'est une façon de fermer toutes les parties illégales de l'entreprise, je pense. D'une pierre deux coups.

Mikhail semble considérer la proposition, mais dit ensuite : — Ah, je pense que nous tenterons notre chance. Kuznetsov fait un signe de tête à l'homme qui se tient près d'Isobel, qui l'attrape brutalement. Christopher se lance vers lui et un voyou enfonce le canon de son AK47 dans son dos, l'arrêtant net. Becks semble terrifiée, Brumilde a le visage figé par la peur. Ariana se recroqueville dans sa robe de mariée tachée de sang derrière Henderson, qui n'est pas content des récents développements. J'espère que le prêtre s'en est sorti, mais ensuite je vois ses chaussures derrière un long rideau de velours bleu royal.

— Nous allons vous exécuter tous, un par un, pour que les survivants puissent regarder.

Nous frissonnons tous, sachant que l'homme ne bluffe pas. J'ai tellement peur que j'ai du mal à avaler ma salive.

— Je pense que nous allons commencer par la personne qui a tenté d'assassiner ma femme, dit Mikhail, fusillant Isobel du regard avec un acier froid dans les yeux. Elle se tient droite, le menton levé, toujours stoïque. Toujours la puissante matriarche. Mère des Corbeaux.

— Des dernières paroles ? demande-t-il.

Isobel le fixe en retour, ne lui donnant pas cette satisfaction.

Bon sang, cette femme a des couilles d'acier.

Il y a une sirène au loin. La police ?

Kuznetsov jure bruyamment en russe. Ses hommes lui crient quelque chose et haussent les épaules. Le Baron de Verre est furieux.

— Plan B ! hurle-t-il. Brûlez-moi ces enfoirés.

Il sort à grands pas de la chapelle pendant que ses hommes sortent leur essence à briquet et mettent le feu aux rideaux de velours et à la pile de bibles. Ils bloquent la sortie, arrachent l'extincteur du mur, puis verrouillent la porte derrière eux avec un bruit sourd.

L'odeur du velours qui brûle est trop forte pour moi. Pour la deuxième fois ce jour-là, je suis transportée directement dans l'expérience la plus terrifiante que j'aie jamais endurée.

Je suis dans l'ancienne maison de Jamie.

Jeff est là.

Le crépitement commence.

Je l'entends fort et clair, comme si le feu était juste à côté de mon visage. Dans mon esprit, je vois les tableaux être détruits, dévorés par les flammes voraces. Toile après toile d'arbres méticuleusement peints : feuilles, troncs, fleurs engloutis par le feu. Les fenêtres commencent à se fissurer, les bocaux de térébenthine explosent. Les peintures à l'huile sifflent et grésillent.

La fumée s'approche, perdant son apparence blanche innocente. Des panaches gris s'élèvent et menacent de nous étouffer. L'asphyxie sera un moyen plus facile de partir, alors j'espère qu'elle se dépêche vers nous. Soit ça, soit une balle miséricordieuse du revolver de Jeff. Un seul regard au psychopathe me dit qu'il n'y a pas de pitié dans son esprit. Il apprécie trop ce moment.

Jamie commence à tousser pour de bon. Entre les pleurs et la fumée, il ne peut pas respirer correctement.

Je souhaite des choses dont je n'aurais jamais rêvé :

Qu'il meure d'inhalation de fumée.

Qu'il meure rapidement.

Qu'il meure avant moi.

N'importe quoi qui atténuera sa souffrance.

Mes poumons brûlent tellement que c'est comme si les flammes s'étaient frayé un chemin à l'intérieur.

Je suis étourdie et j'ai mal. Il y a une petite explosion dans l'atelier, ou la cuisine, je ne peux pas dire. Jeff Bates plisse les yeux. — Je pense que c'est mon signal pour partir, dit-il. Il prend mon menton. — À la prochaine vie.

CHAPITRE 12
Cocktail Molotov

ALISTAIR

Ivy s'effondre dans mes bras.

— Éteignez-le ! je crie à ma famille. Éteignez-le !

Mais il n'y a pas d'extincteur, et les flammes ont déjà grimpé le long des bannières. Les premiers bancs, si bien cirés et inflammables, et aspergés d'essence à briquet, s'enflamment comme des brindilles. Le prêtre apparaît en titubant. Il essaie la sortie de secours, mais elle est également verrouillée. Rebecca se matérialise devant moi pour prendre Ivy. Je la lui confie avec gratitude et me mets à essayer d'arracher les tentures. Henderson, Mère et Christopher se joignent à moi, mais elles ne cèdent toujours pas. Si nous pouvions les faire tomber, nous pourrions les piétiner, puis j'utiliserais le tissu pour étouffer le bûcher de bibles et de bancs. Après avoir tiré de toutes mes forces, je dois accepter que ça ne fonctionne pas. Les flammes courent maintenant le long des bancs, dévorant voracement les livres de chants et les prières qu'elles trouvent glissés à l'intérieur. Je ferme les yeux contre la fumée piquante et me force à réfléchir. Je n'entends plus la sirène — venait-elle même ici, ou allait-elle ailleurs ? C'est la seule fois où j'ai vraiment souhaité voir débarquer les flics.

— Elles ne bougent pas, hurle Christopher. On est fichus. Où est l'eau bénite quand on en a besoin, putain ?

La moitié de la chapelle brûle, et ça avance vite. Je n'entends rien au-dessus des craquements et de la toux. Ça ne peut pas se terminer comme ça. Je refuse que ça se termine comme ça.

Un bruit de verre brisé au-dessus de nous nous fait tous lever les yeux tandis que des éclats tombent du vitrail qui vient d'éclater. Nous nous protégeons les yeux.

La confusion règne. Est-ce que quelqu'un a brisé la vitre pour nous secourir ?

Puis nous voyons ce qui a torpillé la fenêtre, car une toute nouvelle flaque de flammes jaillit du cocktail Molotov qui vient de se fracasser sur le sol de pierre. Une voiture s'éloigne en crissant tandis que le nouveau feu bondit devant nous. Impossible de le combattre. Nous devons sortir.

— Henderson ! Chris ! je crie, et ils me suivent jusqu'à la porte principale. Il y a un énorme verrou métallique coulissant à l'extérieur qui sera presque impossible à forcer, mais nous sommes à court d'options.

Où sont les flics, bordel ?

Je ne serais pas surpris que la Bratva ait mis le véhicule de patrouille hors service.

Je compte jusqu'à trois, puis nous nous jetons tous contre la porte aussi fort que possible. Elle ne cède presque pas, et je pense que nous nous briserons les épaules avant de casser le verrou. Nous avons besoin d'un bélier. Néanmoins, nous continuons d'essayer.

Je jette un coup d'œil en arrière pour vérifier l'état d'Ivy. Elle est toujours inconsciente, et Ariana et Rebecca la portent, sous la supervision d'Isobel. Le prêtre, en larmes, les guide vers nous. Nous formons une foule toussante et haletante, sur le point de projeter à nouveau nos épaules contre la porte quand nous entendons le verrou glisser. La porte s'ouvre. Le bleu éclatant du ciel blesse nos yeux, et Père se tient là avec un sourire ridicule et l'extincteur.

CHAPITRE 13
Moins de Chagrin

IVY

La sirène est proche.

— Ivy, dit une voix qui ressemble à celle de Becks. Ivy, réveille-toi. Nous devons partir.

Elle n'a pas l'air convaincue, mais j'ouvre quand même les yeux, et je le regrette immédiatement. Depuis quand le ciel est-il si lumineux ? Sommes-nous toujours en Angleterre ?

— Aïe, je gémis.

— Tu es blessée ? Montre-moi !

— Non, je réponds, la bouche pâteuse. Pas blessée. Alistair ?

— Pas blessé, me rassure-t-elle. Viens, monte dans la voiture.

— Les Russes ?

— Aussi pas blessés, malheureusement. Mais ils sont partis. Henderson éteint l'incendie, en homme bien qu'il est.

Le soulagement parcourt mon corps et je me sens à

nouveau molle. Je m'affaisse dans les bras de ma meilleure amie.

— Non, me gronde Becks. Ne t'évanouis pas encore. J'ai besoin de ton aide pour te ramener à la voiture. Elle grogne sous l'effort. Tu pèses une tonne pour une adepte de yoga.

— La voiture, je répète, essayant de comprendre.

— Nous devons partir. Les flics. Ils seront là d'une seconde à l'autre.

D'accord. Je comprends.

Voiture. Maison. Sécurité. Oui.

Becks ouvre la portière arrière du SUV et son corps se raidit. Ses doigts s'enfoncent dans mon bras.

— Qu'est-ce qu'il y a ? je chuchote. Ça me semble normal. Une voiture vide et sûre pour nous ramener à la maison. Becks ? Elle est plus pâle que je ne l'ai jamais vue. Becks ?

C'est là que je réalise que Noah n'est pas là, ni le bébé Alex.

— Alistair ! je hurle. Alistair !

Becks est devenue une statue de marbre. Isobel et Brumilde accourent.

— Ils ont pris Alex !

Dans sa précipitation pour me rejoindre, Alistair manque de me percuter. Il me serre fort. — Nous le retrouverons, murmure-t-il à mon oreille. Je te promets que nous le retrouverons.

J'entends Brumilde sangloter tandis qu'Isobel l'aide à monter dans la voiture.

Tout ce que je vois, ce sont les yeux horrifiés de Becks, amplifiés par ma propre terreur.

— Montez, dit Alistair. Vite.

Quoi ? Comment ? Non, nous devons rester et les chercher !

— Ils sont partis, dit Alistair fermement. Ivy. Ils sont partis. Et nous devons partir.

Il nous fait monter, Becks et moi, dans la voiture, puis s'assoit avec moi, berçant mon corps qui ne cesse de trembler, et fait signe au chauffeur d'appuyer sur l'accélérateur.

— Ils l'ont pris, je ne peux m'empêcher de dire.

— Alex est le fils de Mikhail Kuznetsov, me rappelle Alistair.

— Non, je pleure, non. C'est *notre* fils.

Brumilde sanglote en signe d'accord. Becks reste assise dans un silence choqué.

Qu'est-ce qu'ils ont fait de Noah, bordel ?

Isobel ne pleure pas. Je peux dire par son langage corporel qu'elle est absolument furieuse.

— Ariana ? je demande.

— Elle va bien. Dans l'autre voiture, avec Henderson et Père.

Les larmes coulent sur mon visage. — Comment cela a-t-il pu arriver ?

Je suis encore sous le choc d'avoir tué quelqu'un, et maintenant ça. — Ça va me briser.

Alistair est tendre. — Non, dit-il, en me faisant taire. Tu es trop forte et courageuse pour ça.

— Comment peut-on continuer ? je lui demande. En sachant qu'Alex est avec ce monstre ? Je ne pourrai ni manger ni dormir en sachant qu'Alex n'est pas en sécurité.

— Mikhail ne fera pas de mal à Alex. Au contraire, il le traitera comme un trésor. Il a besoin d'un héritier.

Je secoue la tête. Elle bat sous le choc et l'intense chagrin. Je ne peux pas l'accepter. Je ne peux pas accepter que notre bébé ait simplement disparu.

— Nous le retrouverons, me promet Alistair, en embrassant mon front. Nous le retrouverons.

— Je ne peux pas le supporter, je gémis contre sa poitrine.

— Écoute-moi, Ivy. Il tourne mon visage vers le sien, pour que nos yeux se rencontrent. Il est toujours doux, mais autoritaire. Tu m'écoutes ?

Je hoche la tête.

— Cela ne te brisera pas. Je sais à quel point tu es pleine de vie, à quel point tu es résiliente. Tu as traversé bien pire que ça, et tu as survécu.

Mais les traumatismes s'accumulent, je pense. *Ils s'empilent les uns sur les autres jusqu'à ce que je ne puisse plus respirer. Je ne veux pas être résiliente ; je veux simplement moins de chagrin dès le départ.*

Je ne le dis pas à voix haute. Je ne veux pas l'interrompre alors qu'il essaie de me redonner des forces. Dieu sait que j'ai besoin de cette force.

— Maintenant, et c'est important, tu dois comprendre que notre bébé *n'est pas blessé*. Et il ne sera pas blessé, parce que Mikhail ne permettra jamais que cela arrive.

Alistair me regarde dans les yeux jusqu'à ce qu'il puisse voir que je comprends. Je laisse cette pensée se déposer dans mon cœur, et un sentiment de calme s'infiltre en moi.

D'accord.

Alex ira bien. C'est de loin la chose la plus importante.

Je hoche la tête, et Alistair soupire de soulagement et me serre contre lui. Brumilde, réconfortée par les paroles d'Alistair, cesse également de pleurer.

Nous allons nous en sortir.

CHAPITRE 14

Toile d'araignée

ALISTAIR

Je suis surpris par mon calme. N'importe quel autre jour, je serais radioactif de colère. Si j'étais seul dans cette situation, j'exploserais probablement de pure fureur.

Mais Ivy est en mauvais état, et elle a besoin que je reste calme et maître de moi-même.

Certes, nous avons perdu une bataille aujourd'hui, mais nous avons survécu. Ça aurait pu être bien pire avec les balles de Sebastian et les sbires de Mikhail. Nous avons de la chance d'être en vie.

Le bon côté, c'est que les Redbrick sont enfin sortis de nos vies, et Ariana n'est plus sous leur influence maligne. Ils ne peuvent plus la ramener avec leurs manipulations malfaisantes. Si on m'avait dit que ce serait Ivy – *mon Ivy* – qui mettrait finalement un terme à notre rivalité mortelle, je ne l'aurais jamais cru. Ivy, chaleureuse, magnifique, douce, pacifique, qui, j'en suis presque certain, n'a jamais tenu une arme de sa vie, sans parler d'atteindre sa cible du premier coup.

Je ne peux m'empêcher de la regarder un peu différemment. Est-il possible que je la respecte encore plus qu'avant ? J'ai toujours ce désir urgent de la protéger, mais peut-être a-t-elle moins besoin de protection que je ne le pensais. J'ai été surpris, mais personne n'est plus choqué qu'elle.

Brumilde et Mère semblent s'être détendues, mais Rebecca est agitée.

— On récupérera Noah aussi, lui dis-je.

Elle secoue la tête, accablée.

— Je ne crois pas. Ils n'ont aucune raison de le garder en vie.

— Si, s'ils pensent que ça leur donne un avantage, dit Mère.

— C'était l'un des dictons préférés d'Anya, lui dis-je. *La vengeance ne rapporte pas de dividendes*. Ils auront besoin de lui vivant s'ils veulent l'utiliser comme monnaie d'échange.

— Je n'arrive pas à croire que je l'ai mis dans ce pétrin, dit Rebecca. Je savais à quel point votre famille était dangereuse, et j'ai quand même complètement foutu sa vie en l'air. C'est vraiment un type bien. Il ne mérite rien de tout ça.

— Tu t'inquiétais pour moi, dit Ivy d'une voix faible. On ne peut pas réfléchir clairement quand des choses comme ça arrivent.

— Il est juste venu nous aider, tu sais. En achetant les billets d'avion, en nous emmenant à Koh Samui si rapidement quand tu as disparu. C'est comme si on n'avait pas eu le temps de réfléchir, on a juste agi. Je suis vraiment une putain d'idiote.

— S'il te plaît, Becks, dit Ivy en tendant la main pour toucher celle de son amie. Ne dis pas ça. Ce n'est pas vrai. Tu étais – tu es – une amie incroyable. On ne peut pas contrôler ces choses.

Rebecca laisse échapper un long soupir, continuant à secouer la tête. Si elle est comme moi, il lui faudra un certain temps avant de se pardonner. Nous conduisons en silence pendant quelques minutes.

— La cérémonie de mariage, cette mascarade, dit Mère. Tout ça a été orchestré par Sebastian pour nous livrer à Kuznetsov ?

— Il semblerait que oui, réponds-je. Il s'est probablement vu promettre une fortune en roubles pour sa trahison. Il avait besoin de capital pour financer ses opérations. Brodie a dit que l'argent des De Luca a disparu depuis longtemps.

— Dieu merci, on a sorti Ariana de là, dit Ivy.

— Tu veux dire que *tu* as sorti Ariana de là, lui rappelé-je, puis je le regrette immédiatement en sentant ses muscles se tendre.

— Tu les as sauvées toutes les deux, murmure Rebecca à Ivy. Je l'ai vu dans les yeux de Sebastian après la confession d'Henderson. Il les voulait toutes les deux mortes. Je sais que tu dois te détester, mais tu les as sauvées, Sainte Ivy.

Ivy reste silencieuse un moment, puis elle dit, presque inaudiblement :

— Ce n'était pas mon intention.

Mère se penche en avant.

— Qu'as-tu dit, ma chérie ?

Ivy secoue la tête.

— Rien. Je... je ne voulais tirer sur personne ni sauver personne. C'est juste... arrivé.

— Je comprends à quel point c'est effrayant pour toi, répond Mère, cherchant le regard d'Ivy. Et je suis profondément désolée que tu aies dû être celle qui a appuyé sur la détente. Mais crois-moi quand je te dis que tu as absolument et indiscutablement sauvé une vie très précieuse aujourd'hui – probablement deux. Je t'avais dit que je n'oublierais jamais que tu avais sauvé la vie de ma fille la première fois, mais il semble que tu en fasses une habitude. Je ne peux exprimer à quel point je suis reconnaissante. Pour ça, pour supporter ma famille insensément chaotique, et pour rendre Alistair heureux.

Le corps d'Ivy se détend à nouveau, et l'ombre d'un sourire apparaît sur ses lèvres.

— Chaotique est le mot juste.

— Mère, dis-je un peu plus tard, quand nous sommes sortis de Manchester – bon débarras – et sur l'autoroute. Elle lève les yeux de son téléphone.

— Bien joué pour avoir fait livrer la couverture de bébé d'Ariana en pleine confrontation. Cette femme ne cesse de m'étonner. Mais qu'y avait-il dans cette deuxième boîte cadeau ?

— Le plan B, bien sûr, dit-elle en pinçant les lèvres avec satisfaction.

Tous les regards dans la voiture pivotent vers elle.

— Oui ? dis-je, lui faisant signe de continuer.

— Quand nous avons appris pour le mariage par Brodie, j'ai vite envoyé un texto à Stacey pour qu'elle emballe les affaires de bébé et les apporte au lieu de la cérémonie, mais je savais que nous avions besoin d'une seconde stratégie au cas où Ariana ne serait pas convaincue par... des choses *gentilles*.

— Alors tu as prévu une deuxième boîte avec des choses... *moins* gentilles ? devine Rebecca.

— Quand Ariana était à l'hôpital – quand nous avons reçu son diagnostic de syndrome de Stockholm – j'ai su que je devrais trouver un moyen de la convaincre que Sebastian n'était pas l'homme qu'il lui fallait. J'avais besoin de renseignements qui mettraient fin à leur relation. J'ai donc chargé Brodie de mettre un détective privé sur Sebastian pour en savoir plus sur ses... activités peu recommandables. Dire à Ariana que Sebastian était ignoble ne suffirait pas à la convaincre. J'avais besoin de preuves.

Je secoue la tête.

— Oh mon Dieu, Mère, tu es douée. Qu'ont-ils déniché ?

— De façon décevante, rien de très croustillant, répond-elle. Nous n'avons eu que quelques heures pour le surveiller. J'espérais des preuves qu'il maltraitait des chiots ou qu'il avait des fétichismes illégaux, tu sais, quelque chose de vraiment horrible. Mais nous n'avons trouvé que des activités criminelles ordinaires, plus quelques images de ses liaisons avec des strip-teaseuses. Je ne savais pas si ce serait suffisant pour faire changer d'avis Ariana, alors j'ai...

Ivy se redresse pour regarder Mère attentivement.

— J'ai fait... *embellir* certaines photos et vidéos par Brodie avec de l'IA générative.

Je ricane malgré le sérieux du sujet.

— Tu n'as pas fait ça.

Mère hausse les épaules.

— Il le fallait ! Je ferais n'importe quoi pour récupérer Ariana : mentir, tricher ou voler. Aux grands maux, les grands remèdes. Et, laisse-moi te dire, Brodie a été brillante ! Mais c'était uniquement en dernier recours. Je ne voulais pas mentir à Ariana à moins d'y être absolument obligée. Je ne voulais pas saper notre relation en trahissant sa confiance. Finalement, Henderson a pris les choses en main, et je n'ai pas eu à le faire.

— Toi et tes stratagèmes rusés, dis-je, me souvenant comment elle avait réussi à faire entrer une bombe dans la maison familiale des Kuznetsov. Certes, elle a tué l'actrice qui se faisait passer pour Mme Kuznetsov au lieu de la matriarche russe elle-même, mais nous ne pouvions pas savoir qu'ils payaient du personnel pour se faire assassiner à leur place. Quel enchevêtrement nous tissons.

CHAPITRE 15
Gants préférés

IVY

J'essaie de convaincre Becks de rester chez nous. « On a besoin l'une de l'autre », lui dis-je, mais elle préfère être seule. À contrecœur, nous la déposons devant son appartement et lui commandons un repas et du vin à livrer. Isobel veut voir un ami non identifié à Chelsea, alors nous la déposons aussi. Alistair lui jette un regard suspicieux lorsqu'elle descend, se demandant sans doute ce qu'elle mijote maintenant. Henderson, Ariana, Christopher et M. Ravenscroft se rendent tous au manoir familial pour un rôti et un débriefing, et Alistair, Brumilde et moi poussons un soupir de soulagement. Je suis désespérément en quête de calme, et je suis sûre qu'ils le sont aussi. Nous remontons la magnifique allée, et une sorte de paix s'installe en moi. Ça fait tellement de bien d'être à la maison.

Les chiens deviennent fous, courant et aboyant joyeusement, aussi excités que si nous étions la plus grosse balle de tennis du monde. Même Brumilde, aux yeux tristes, ne peut s'empêcher de sourire en leur frottant les oreilles et en leur demandant s'ils ont été sages. Je m'agenouille pour serrer Reacher dans mes bras et caresser Bijou, et des larmes de pur soulagement me montent aux yeux. Reacher me lèche joyeusement le visage, alors je me relève pour éviter d'être sa sucette à la peau salée. Brumilde et moi échangeons un sourire hésitant, puis nous nous faisons un câlin pour nous souhaiter bonne nuit.

— Les chiens sont nourris et promenés. Les draps sont propres et le dîner est dans le frigo, dit-elle à Alistair. J'ai tout arrangé.

— Tu es une bénédiction, Mildew. Son expression est sincère. On ne te mérite pas.

Elle s'arrête en sortant, et je regarde ce qui l'a figée. Elle fixe le parc de jeu d'Alex. Je ne sais pas quoi dire, si ce n'est que je suis également étourdie de chagrin quand je regarde ses sucettes et ses jouets en peluche. Une paire de chaussettes à pois. C'est trop difficile à supporter.

On le récupérera, a promis Alistair, et je le crois.

Brumilde s'approche du parc et ramasse le lapin aux oreilles tombantes qu'Alex adore serrer contre lui. Elle tient la peluche sous son bras et sort de la maison. J'entends le verrou cliqueter quand la porte se referme derrière elle.

— Quelle putain de journée, dit Alistair derrière moi. Un verre corsé ?

Il n'y a pas de sous-entendu dans son ton — inhabituel, mais pas surprenant.

Boire de l'alcool fort n'est pas une bonne idée ; cela ne fera qu'empirer mon état demain.

— Le plus corsé que tu aies, je réponds.

Je me perche sur le dossier du canapé, le regard vide, écoutant le tintement des glaçons et le glouglou de l'alcool. L'odeur vive d'agrumes tandis qu'Alistair coupe un citron vert. Il me tend un grand gin tonic qui contient plus de gin que de tonic. C'est le meilleur des hommes.

— Faim ? demande-t-il.

Je secoue la tête.

— Moi non plus, soupire-t-il. Il jette quand même un œil dans le placard, puis le referme.

C'est comme si nous ne savions pas quoi faire sans Alex ici.

Il s'approche de moi et me presse l'épaule. — Viens, dit-il tendrement. Je vais allumer le feu.

— Non, dis-je, me surprenant moi-même. Je n'ai jamais refusé un feu ; les feux sont mon langage d'amour.

— Tu es sûre ? demande-t-il en me touchant la joue. J'attrape sa main avant qu'il ne la retire. J'ai besoin de sentir sa chaleur, sa peau, son *vivant*. J'ai besoin de son cœur qui bat et de ses poumons qui se gonflent.

— Montons directement à l'étage, dis-je en embrassant sa paume.

— Oui, acquiesce-t-il. Je vais te faire couler un bain et te masser le dos. Je vais prendre soin de toi. Je vais te faire sentir mieux.

— Tu y arrives toujours, je réponds.

Prendre un bain chez Alistair — je veux dire, *notre* maison — n'est pas tout à fait aussi luxueux que dans le penthouse du Raven, mais je préfère ça. C'est plus intime, et Alistair allume *toutes* les bougies. Des sels de bain hydratants qui rendent l'eau soyeuse, une musique douce et un petit oreiller en satin pour ma nuque. Un bain comme celui-ci peut résoudre la plupart de vos problèmes. Pas, bien sûr, notre plus gros problème, mais je penserai à ça demain.

J'étais plutôt du genre douche avant, entrer et sortir rapidement de ma minuscule cabine dans mon appartement quand l'eau chaude fonctionnait, une toilette rapide au lavabo quand ce n'était pas le cas. Il n'y avait pas de place pour une baignoire.

C'est parfois accablant de penser à combien ma vie a changé en si peu de temps. *Je suis une personne complètement différente*, me dis-je parfois, mais ce n'est pas vrai. Pas vraiment. Au fond, je suis toujours la même Ivy Mickelson. Certains aspects de moi ont évolué : ma confiance, mon estime de moi, mon bonheur général, ma vie sexuelle, mon compte en banque. D'autres changements sont plus inquiétants. Je prends une grande gorgée de gin pour repousser cette ligne de pensée. Je l'ajouterai à la liste des choses auxquelles penser demain, parce que ce soir, tout sera consacré à la guérison.

La chimie de mon corps est un vrai désastre en ce moment. Du stress insensé du voyage en Thaïlande à l'euphorie de récupérer Alistair, puis la fête de fiançailles, avant de plonger à nouveau dans la tempête de cortisol d'aujourd'hui. Pas étonnant que je me sente complètement à côté de mes pompes. C'est une sensation d'engourdissement, d'épuisement, qui fait un travail terrible pour cacher ce que je ressens vraiment — une armure temporaire autour de mon cœur, aussi délicate que la coquille fissurée d'un oiseau sauvage. Je ferme les yeux et essaie de me détendre. J'ai besoin que mon cerveau comprenne que je suis en sécurité maintenant, qu'il peut relâcher mes muscles et transformer mon corps cassant en un corps sain. Qu'il peut arrêter de produire des hormones d'alerte maximale.

— Ça va ? demande Alistair. Il y a tant d'attention dans sa voix que ça me donne envie de pleurer.

— J'essaie, je réponds. J'essaie de faire comprendre à mon corps qu'il peut se détendre maintenant, qu'on est hors de danger.

Bien sûr, nous ne le sommes pas complètement, et c'est peut-être une partie du problème. Nous sommes sortis du péril immédiat, dieu merci, mais les Kuznetsov veulent toujours notre mort à tous.

— Je crois que je peux t'aider avec ça, dit Alistair. Toujours dans son costume coûteux, il tire le tabouret design et s'assied derrière moi. Il savonne un gant de toilette et commence à me laver le dos au ralenti.

— On va faire partir *toute* cette tension, murmure-t-il. Heureusement pour toi, je sais comment faire. Ses mouvements sont toujours lents, mais il applique plus de pression maintenant, puis laisse tomber le gant et utilise ses mains magiques sur mon dos savonneux. Ses doigts expérimentés trouvent tous les points tendus et sensibles, et je sens mon corps réagir. Ma mâchoire se détend, après avoir été si crispée pendant si longtemps que j'avais un mal de tête constant. Mon cou recommence à se sentir souple, mes épaules s'abaissent. Ma respiration passe de souffles superficiels et tendus à des inspirations profondes et des soupirs.

— C'est tellement bon que j'ai envie de pleurer, lui dis-je.

— C'est bon de pleurer, répond-il. Bon de l'évacuer.

— Tu détestes quand je pleure, dis-je.

Alistair souffle. — Seulement quand j'en suis la cause.

— Tes mains font tellement de bien. Je ne veux pas que tu t'arrêtes.

— D'accord, accepte-t-il. Je vais m'installer confortablement.

— Je ne crois pas que tu comprennes. Je ne veux pas que tu t'arrêtes. Jamais.

— Ah, murmure Alistair. Je vois. Eh bien... je continuerai jusqu'à ce que mes mains tombent. Après ça, tu te débrouilleras seule.

Je ne peux m'empêcher de glousser, malgré l'image macabre. Ce n'est pas une petite victoire, car il y a cinq minutes, je pensais ne plus jamais pouvoir rire.

— Je ne veux pas que tes mains tombent, je réponds. J'aime tes mains. Je veux qu'elles restent attachées à toi aussi longtemps que possible.

— C'est un soulagement, dit-il.

— Parce que tu pourras me toucher ?

— Parce que je pourrai garder mes gants préférés.

Je ris à nouveau. — Tu es le pire.

— Oui, dit-il. C'est vrai. Je te lave les cheveux ?

CHAPITRE 16

Catin

ALISTAIR

Je verse une quantité généreuse de shampooing dans ma paume et commence à le faire mousser dans les cheveux d'Ivy tout en lui massant le cuir chevelu. Ses cheveux n'avaient pas besoin d'être lavés, mais je voulais un prétexte pour prendre soin d'elle. Ce n'est pas aussi désintéressé que ça en a l'air : m'occuper d'Ivy me fait du bien à moi aussi — je me sens plus en contrôle dans un monde qui semble déterminé à partir en vrille. Nous sommes maintenant dans notre petite bulle, en sécurité et au chaud, et elle sait que je ferai n'importe quoi pour elle. Que je veux *tout* faire pour elle.

Je rince le shampooing avec un jet d'eau chaude et parfumée, puis j'essore ses cheveux avant d'attraper l'après-shampooing. Une nouvelle séance de massage s'ensuit, et Ivy soupire de plaisir.

— Mon dieu, marmonne-t-elle. Pourquoi ne fais-tu pas ça tous les jours ? C'est le paradis.

— Je le ferai, je réponds. Je te laverai et te polirai tous les jours.

Elle glousse.

— Comme une voiture de collection.

— J'aime bien les voitures.

— Les voitures sont un fléau sur cette terre, dit-elle. Elles crachent près de quatre milliards de tonnes de dioxyde de carbone chaque année.

— Voilà la guerrière écolo que je connais et que j'aime. De toute façon, je parlais des voitures électriques. Évidemment.

— Les batteries des véhicules électriques sont terribles pour la planète, un véritable péché.

— Donc... tu ne veux plus jamais monter dans la limousine ?

— Je n'ai pas dit ça. Tu ne peux pas battre cet espace et cette intimité pour les fellations.

— Tu marques un excellent point, Mademoiselle Mickelson, bien que je trouve ton hypocrisie flagrante déconcertante.

— L'hypocrisie fait partie de la condition humaine. Autant l'assumer si ça se traduit par un bon cunnilingus.

— Encore un excellent point. Tu peux garder ton hypocrisie. J'en suis un grand fan.

Je rince l'après-shampooing et pose la tête d'Ivy sur l'oreiller. Je change de côté, m'asseyant maintenant à ses pieds pour les masser.

— Tu veux entrer ? demande-t-elle, une lueur de désir dans les yeux.

— Non, je réponds. Je veux te choyer.

J'utilise mes jointures pour pétrir la plante de ses

pieds et passe mes doigts entre ses orteils, massant la peau sensible.

— Sans vouloir insister sur les voitures, que tu détestes clairement, dis-je. J'ai acheté une petite voiture électrique pour Jamie.

— Oh ! s'exclame-t-elle. C'est tellement gentil, mais... Jamie ne sait pas conduire.

— Il peut apprendre, dis-je.

— Je ne sais pas s'il le peut, répond Ivy. Je n'y ai jamais pensé. Maman et papa ont toujours dit qu'il ne pouvait pas, mais peut-être que c'est parce qu'ils ne voulaient pas qu'il le fasse.

— On discutera avec eux avant que je la lui donne. Je n'irai pas à l'encontre de leurs souhaits. Mais tu imagines à quel point ça va ouvrir sa vie ?

Ivy me regarde avec ses incroyables yeux liquides.

— Ça va changer sa vie.

— Je m'assurerai que tout soit sécuritaire. Je lui trouverai un excellent instructeur, et après qu'il aura obtenu son permis, j'embaucherai quelqu'un pour conduire avec lui jusqu'à ce qu'il soit confiant tout seul.

— On a eu tellement à gérer dernièrement, comment as-tu même pensé à ça ?

— Keith m'a envoyé une photo du nouvel appartement de Jamie. Ça a l'air bien. Il y a un garage double, ce qui m'a fait penser à une voiture. Ensuite, j'ai vu une pub pour une nouvelle Mini Cooper Sport électrique, et le reste appartient à l'histoire.

— Ça fait quoi d'être aussi riche ? demande-t-elle d'un ton joueur. Que tu vois une pub pour un véhicule flambant neuf et que tu l'achètes immédiatement... en *liquide*.

— Ça fait vraiment du bien, je réponds. Tu devrais essayer un jour.

Ivy n'utilise toujours pas ma carte de crédit. Je ne la comprends pas.

— Je dois te donner une autre enveloppe d'argent, dis-je. Tu aimes toujours ça ?

Elle hoche la tête, un sourire coupable sur le visage.

— Mon argent de dévergondée.

Je ris.

— Tu n'es pas une dévergondée.

— Oh, si, argumente-t-elle. Je suis une vraie catin. Des hommes me payent pour leur faire une gorge profonde.

Je tousse.

— Juste pour être clair, par « hommes », tu veux dire moi, et moi seul ?

— Oui, répond-elle avec un sourire malicieux. Et tu mérites vraiment ce service particulier après avoir acheté une voiture à mon frère.

— Ça va être une putain de fellation incroyable, dis-je, mon sexe tressaillant dans mon caleçon.

— Assez parlé, alors.

Ivy commence à sortir de la baignoire.

— Cette bouche a de meilleures choses à faire.

Je l'arrête, la repoussant doucement dans l'eau.

— Non, ma douce et perverse Ivy. C'est de *toi* que je m'occupe ce soir. Tu n'as rien à faire. Je vais masser et embrasser et baiser toute la tension hors de ton corps.

— Mais je veux ton sexe dans ma bouche, dit-elle.

Je suis tellement dur en ce moment.

— Ça peut s'arranger. Mais pour l'instant, tu es ma princesse paresseuse. Je ne veux pas que tu lèves le petit doigt. Je vais faire tout le travail, et toi, tu vas t'enfoncer dans le lit et en profiter.

Quand j'ai fini de lui masser les pieds, je l'aide à sortir du bain et je la sèche, sentant mon érection à chaque mouvement. Elle tend la main vers sa lotion, et je l'écarte d'une tape.

— Tu n'en auras pas besoin. J'ai réchauffé l'huile que je vais étaler sur ton corps. Et puis je vais te faire jouir si fort que les voisins te regarderont de travers chez M&S.

Ivy sourit et bat des cils d'un air espiègle.

— Tu sais toujours dire les choses parfaites. J'adore faire mes courses chez M&S.

Je lui claque les fesses, sa peau pas tout à fait sèche produisant un bruit de claquement plaisant au contact. Nous devrions faire plus de jeux d'impact, je pense. Je crois qu'Ivy va aimer ça.

Nous quittons la salle de bain humide et nous dirigeons vers la chambre de jeux.

— Ce donjon m'a manqué, soupire-t-elle. Avant, j'étais intimidée, mais maintenant j'ai hâte d'explorer tous les tiroirs et placards.

— Oh, oui, je siffle, mon sang s'échauffant. Nous avons beaucoup d'exploration à faire.

CHAPITRE 17
Moustaches

IVY

Je pousse un cri quand Alistair me pousse sur le lit, puis je glousse en rebondissant avant de m'arrêter et de m'appuyer sur mes coudes, le regardant retirer sa ceinture. Je suis complètement nue et je ne me suis jamais sentie aussi à l'aise avec cela.

— Putain, tu es sexy, dis-je. Tu es l'homme le plus sexy de la planète, tu le sais ?

— J'en doute, répond-il d'un ton neutre, mais je prends le compliment.

Je me mords la lèvre. — Ce n'est pas seulement ton apparence. C'est tout ce qui fait toi.

Il déboutonne sa chemise, me regardant tandis que ses mains descendent le long de son torse impressionnant.

— C'est ta voix – j'adore ta voix – et ta façon de bouger. Et les choses que tu fais pour moi. La façon dont tu tiens mon cou quand on s'embrasse. Et la sensation de tes mains sur moi.

— Tout cela est de bon augure, répond-il, parce que j'ai l'intention d'avoir mes mains sur toi toute la nuit.

Le désir s'éveille dans mon sexe. À en juger par la façon dont Alistair me regarde, il peut le voir dans mes yeux. D'habitude, je me sens un peu nerveuse quand il me fixe avec une telle faim, comme s'il allait me dévorer. Il est mon jaguar sombre, puissant et élégant.

Quand Alistair et moi sommes comme ça, tout le reste s'efface. C'est une échappatoire salvatrice de la réalité – cette dure réalité que je ne peux pas affronter, à laquelle je ne peux pas penser sans mourir intérieurement, sans sombrer dans la dépression. Notre amour et nos corps repoussent les terribles vérités derrière ces murs, même temporairement.

— Y a-t-il des jeux auxquels tu aimerais jouer ? demande Alistair.

— Oui, je réponds. Je vais me déguiser pour toi. Qui veux-tu que je sois ?

— Je ne veux pas que tu sois quelqu'un d'autre que toi. Mais oui, déguise-toi. Ce sera amusant.

Je me précipite hors du lit et vais vers le placard. Le choix est presque accablant, mais je m'y tiens. Me déguiser ajoutera encore une couche de protection contre le monde extérieur. Non seulement je me perdrai dans le sexe, mais je serai quelqu'un d'autre perdu dans le sexe. Le monde réel existera à peine.

— Je n'arrive pas à me décider, je gémis. Tu m'aides ?

— Ce serait avec plaisir, grogne-t-il. Il se tient derrière moi, si près que nous nous touchons. Je peux sentir son érection, chaude et dure contre le bas de mon dos. Il tend le bras devant moi pour examiner les options, faisant glisser les cintres au fur et à mesure. Après quelques instants, il sélectionne une combinaison intégrale en latex qui me rappelle le chat sifflant à la première soirée de jeu à laquelle nous avons assisté ensemble.

Il me la tend. — Mmm ?

— Oui, je réponds. Bien que ça ait l'air difficile à enfiler. Je n'ai jamais mis de combinaison complète en latex auparavant, et je devine que ce sera un travail gênant et transpirant. Je ne voulais certainement pas sautiller partout, tomber et gâcher l'ambiance. — Tu veux bien nous chercher à boire, s'il te plaît ?

Alistair hoche la tête. Nous savons tous les deux très bien qu'il y a du champagne parfaitement frais dans le refroidisseur à vin à quelques pas, mais Alistair comprend que j'ai besoin d'un peu d'intimité pour réussir ce coup – ou plutôt, pour l'enfiler. Après cinq minutes d'efforts, de halètements et de contorsions, je suis enfin dans la combinaison noire brillante, et chaque effort en valait la peine. Elle est incroyable, me donnant des courbes luisantes que je n'ai jamais eues auparavant, un ventre plat et un push-up qui me donne l'air d'un personnage de manga. Le masque est une pièce séparée et facile à mettre. Il y a un trou pour ma queue de cheval, qui se balance derrière moi, féminine et jolie. J'ai des oreilles de chat et les plus belles moustaches.

Je me contemple dans le miroir en pied. Putain. On dirait que je pourrais venir de Gotham City. C'est vraiment dommage de garder ce look pour moi seule. Je devrais sortir habillée comme ça.

J'entends des pas à la porte et je me tourne pour

regarder Alistair. J'avais prévu d'être plus, je ne sais pas, *dans le personnage ?*, au moment de son retour, mais j'étais trop occupée à admirer le costume dans le miroir. La mâchoire d'Alistair tombe par terre, ce qui me fait glousser. Je me sens un peu timide, mais satisfaite.

— Putain de merde, dit-il en déglutissant.

— C'est ce que j'ai dit !

Il pose une bouteille de vin rouge sur l'étagère et s'avance vers moi d'un pas félin. — Bon sang, Ivy, grogne-t-il, ses doigts suivant les contours de ma silhouette. Il passe une minute à m'observer, me faisant tourner, vénérant cette version féline, sexy et étrange de moi. Puis il ferme les yeux et soupire. — Je ne vais pas tenir longtemps si je continue à te regarder comme ça.

Je ronronne et me frotte contre lui, voulant qu'il me caresse. Je lui chatouille le cou avec mes moustaches. L'animal de compagnie du milliardaire.

— Oh, mon dieu, gémit-il, m'attirant dans un baiser profond et luxurieux. Finalement, quand nous nous séparons, il murmure à mon oreille. — J'ai tellement hâte de te baiser.

Je ris doucement. — Qu'est-ce que tu attends ?

Il ferme à nouveau les yeux, essayant de se ressaisir. — Tu es trop sexy. Je ne tiendrai pas. Laisse-moi te gâter d'abord.

Je me penche en avant et lui lèche la lèvre. — Miaou.

CHAPITRE 18
Femme Chat

ALISTAIR

Nom de Dieu.

Ma queue est nucléaire. Une caresse et tout sera fini, et il n'est pas question que je laisse ça arriver. Je veux que cette session dure des heures. Ivy prend l'arrière de ma tête et pousse mon visage vers ses seins. J'ouvre grand la bouche et mords doucement son téton à travers le latex, ce qui lui arrache un gémissement. Ça envoie une décharge électrique à travers tout mon corps, directement dans mes couilles. Putain de merde. Je grogne et repousse le plaisir. C'est trop, trop tôt.

— Du vin ? je propose. N'importe quoi pour freiner ce désir incontrôlable.

— Oui, s'il te plaît, ronronne-t-elle en se dirigeant vers le lit.

Je découpe la capsule rouge et plonge le tire-bouchon dans le liège, le retirant délicatement. Je remplis deux verres, j'en donne un à Ivy et prends une grande gorgée du mien. C'est un excellent vin, mais il pourrait tout aussi bien être du jus de raisin médiocre car tout ce sur quoi je peux me concentrer, c'est cette femme-chat suprêmement sexy dans mon lit. Nous nous embrassons à nouveau, et j'ai envie de la ravager. J'ai envie de la mordre, de la sucer et de l'embrasser jusqu'à être satisfait. Le baiser est profond et lent. Je me sens frénétique mais je garde tout aussi fluide et lent que possible, faisant durer chaque contact, chaque mouvement glissant de nos langues, chaque morsure. Les moustaches d'Ivy me chatouillent, et la chair de poule envahit mes bras et mes cuisses. Je passe mes mains sur sa combinaison de chat.

C'est ce dont j'ai besoin. Ce moment intensément intime avec Ivy.

Nous sommes les antidouleurs l'un de l'autre.

Je pense à mon enfermement dans cette cave, à l'agonie et rongé par l'inquiétude pour elle. Je me souviens comment elle est venue à moi dans mes rêves et mes fantasmes et m'a aidé à survivre. M'a aidé à m'échapper. Et puis comment elle nous a tous protégés de Sebastian dans la chapelle.

Je l'entoure de mes bras. — Tu m'as sauvé la vie, dis-je.

Ivy cligne des yeux. — Nous nous sommes sauvés l'un l'autre.

Mes doigts trouvent son clitoris à travers le latex, et je le caresse lentement en cercles. Elle rejette la tête en arrière et gémit de plaisir.

— Je veux ta queue dans ma bouche, dit-elle. S'il te plaît.

Ce n'est pas une bonne idée, je pense. Pas si elle veut

que cette soirée dure. Ivy n'attend pas ma réponse. À la place, elle saisit l'huile de coco tiède et s'agenouille entre mes jambes, à côté du lit. Ses mains chaudes et glissantes sont incroyables sur ma verge gonflée. Je respire profondément, essayant de gérer les sensations qu'elle crée. Ses mains huileuses et chaudes sont si bonnes que je n'ai pas besoin de sa bouche, je pense, mais ensuite elle baisse la tête et me prend en elle, et je halète de plaisir. Ses moustaches chatouillent l'intérieur de mes cuisses, sa queue de cheval se balance tandis qu'elle me suce pendant que ses doigts s'enroulent autour de ma base et massent mes testicules. C'est définitivement un élément pour la liste des choses à faire avant de mourir dont je ne savais même pas que j'avais besoin. Coché.

Elle prend de plus en plus de ma longueur, jusqu'à ce que je touche le fond de sa gorge, et soudain j'ai un désir ardent de baiser sa bouche. Je la repousse en arrière, et elle me regarde sous ses cils, léchant ses lèvres humides et gonflées.

Je suis tellement excité que ma voix ressemble à du gravier. — Tu veux que je baise ta gorge ?

Ivy hoche la tête.

Je me précipite vers elle, sur le tapis, et force ma queue dans sa bouche. Elle hoche à nouveau la tête. Oui. Elle le veut autant que moi.

Je siffle de plaisir et vais plus profondément. Le gland touche le fond de sa gorge. C'est généralement jusqu'où nous allons. C'est assez loin pour nous deux. Mais il y a quelque chose de différent en nous aujourd'hui, quelque chose de plus désespéré de profondeur. Un besoin de repousser nos limites. Alors maintenant, quand l'extrémité de mon membre touche le haut de sa gorge, je force mon chemin à travers.

Puuuutain ! Je serre fort mes couilles en regardant ses petites oreilles de chat, son corps noir et élégant.

Ivy a un haut-le-cœur, alors je me retire un peu, mais elle attrape mes fesses et me repousse à l'intérieur de cette nouvelle partie secrète de sa gorge que nous avons découverte. Elle a un haut-le-cœur à nouveau mais continue, m'incitant à pousser en elle.

Putain, putain, putain. Ivy ! *Majestueuse créature. Je vais jouir dans sa gorge convulsive. Je ne peux pas m'en empêcher. Le monde disparaît.*

Cette fois, Ivy me repousse. Je m'inquiète d'être allé trop loin, mais elle me sourit et s'essuie la bouche du revers de la main. Ses yeux brillent de carnalité. — Tu ne jouis pas encore.

Je m'effondre là, sur le tapis devant elle, et je ricane. — C'était juste.

Ivy rampe vers le lit à quatre pattes. Quand je tends la main pour l'attraper, elle fait une embardée pour échapper à mon emprise. Elle vide la moitié d'une bouteille d'eau puis prend une gorgée de vin.

Remonter sur le lit semble être une tâche titanesque. Je prends mon temps, savourant la vue de ce chat étendu sur mon lit. Mon instinct le plus sauvage me donne envie d'éjaculer partout sur sa combinaison brillante et luisante, mais je me retiens. J'ai presque retrouvé le contrôle de moi-même.

J'écarte les jambes d'Ivy et gémis quand je vois qu'il y a une trappe d'accès dans le latex.

— Une chatière, je plaisante. Ivy glousse.

— J'aurais préféré que tu ne dises pas ça, gémit-elle.

— Désolé, je m'excuse. J'avais besoin de relâcher la tension. Je suis trop près de jouir.

— Je suis sûre que tu te rattraperas.

Oh oui, Ivy. Je me rattraperai.

CHAPITRE 19
Création et Destruction

Oh là là. Alistair a encore ce regard. Des yeux de prédateur affamé. Mon sexe se contracte. Alistair ouvre la *chatière* et gémit de plaisir à la vue de ce qu'il découvre.

— Ah, Ivy, souffle-t-il. Je sens le souffle chaud de sa respiration sur mes lèvres intimes. Ta putain de chatte magnifique. Je n'en aurai jamais assez, jamais. Elle est si jolie. *Merde*. Je la *veux* tellement. Je veux la posséder. Je veux à la fois la vénérer et la détruire.

Je pense aux dieux des religions : création et destruction. C'est ce que peut faire un sexe féminin. Il peut détruire des gens, il peut faire naître une nouvelle vie dans le monde. Le pouvoir du sexe.

— Tu as mon sexe, je réponds. Tu le possèdes. Il est tout à toi.

Alistair grogne et embrasse mon clitoris. Puis il se lèche les lèvres et les pose fermement sur moi, bougeant sa tête dans un mouvement circulaire qui me procure un plaisir incroyable. Je veux qu'il le fasse pour toujours.

Je gémis de plaisir. — Oui, Alistair. Ne t'arrête pas.

Il continue, et mon bassin est inondé de sensations. Il y va plus fort, plus vite, ça me rend folle. Puis la pointe de sa langue est en moi.

— Putain, je murmure. Putain-putain-putain. Est-ce que je vais déjà jouir ? J'en ai l'impression. Je suis un désordre brûlant et lumineux. Il enfonce sa langue aussi loin que possible, puis me lèche en ressortant, suçant mon clitoris.

— Tu aimes ça ? demande-t-il.

— Putain, oui, je gémis. Encore.

Il pousse à nouveau sa langue à l'intérieur, plus lentement cette fois, centimètre par centimètre, puis serre sa lèvre supérieure sur mon clitoris. Je crie. Il pince mes tétons à travers le latex, ses paumes massant mes seins. Avec une langue large et plate, il frotte d'avant en arrière sur mon clitoris. Chaque mouvement me rapproche de l'orgasme.

— Lâche prise, murmure-t-il à mon sexe. Si chaud et délicieux. Lâche prise.

— Doigt, je dis. J'ai besoin de te sentir à l'intérieur.

Alistair garde sa langue sur mon clitoris tandis qu'il enfonce deux doigts. Je crie à nouveau alors qu'un éclair de plaisir intense irradie de ses mains magiques.

Oh mon dieu, je vais jouir !

Mais c'est tellement bon, tellement, tellement bon, je ne veux pas que ça se termine. J'essaie de retarder l'orgasme. Je veux plus de langue, plus de doigts. Alistair lit dans mes pensées.

Putain !

— Tu es si mouillée, dit Alistair à mon sexe. Si serrée et mouillée. Glissante et délicieuse. Jouis pour moi.

Je ne sais pas si c'est son souffle chaud et la vibration de sa voix sur moi, ou si c'est son invitation, mais il n'y a plus moyen de résister. Toute l'énergie de mon corps crépite vers mon sexe, et il explose de couleur et de chaleur alors que je jouis, traversant mon corps, tremblant et frémissant tandis que je hurle « *PUTAIN !* »

Alistair ne s'arrête pas là. Il observe mon visage pendant que je me tortille, puis commence à me baiser avec ses doigts, ses jointures frappant mon point G. Je hurle lorsque le prochain courant vif de plaisir me traverse. Ce n'est pas un orgasme en vagues déferlantes, c'est un éclair de foudre. Je gémis et tressaille, et j'ai l'impression qu'il y a encore plus de plaisir disponible, alors je tiens la main d'Alistair là où elle est, coincée dans mon sexe, et je me frotte contre elle. Il suce mon téton recouvert de latex, mord mon épaule, puis il porte une main à mon cou, le serrant doucement. Ses doigts à l'intérieur de moi sont parfaits. Le point de bascule est si proche. Je gémis et me frotte plus fort, et quand Alistair m'embrasse, je jouis intensément, gémissant dans sa bouche. Un bonheur chaud et exquis dans chaque partie de mon corps. Il m'embrasse et me doigte pendant que je jouis, faisant durer la crête plus longtemps.

— Déesse, murmure-t-il contre ma joue. Tu es à moi.

Je pense que nous allons prendre un moment pour récupérer, étant donné que j'ai l'impression d'avoir été électrocutée de plaisir, mais Alistair ne veut rien entendre. Il est fou de désir. Visage relâché, yeux en feu. Il a besoin de moi maintenant.

— Cette fois, grogne-t-il, tu vas jouir sur moi.

Encore ? je pense.

Il baisse la tête vers ma poitrine et mord le latex, évitant de blesser ma peau. Il déchire le matériau, d'abord avec ses dents, puis avec ses mains alors qu'il l'arrache, révélant mes tétons gonflés.

— Oui, siffle-t-il. Alistair saisit ma peau pâle et suce mes seins nus avec force. Je gémis face à l'intensité de la sensation - c'est presque trop. Il les fait légèrement bouger, appréciant leur mouvement féminin. Ensuite, il les enduit d'huile et les masse, puis son énorme queue dure se glisse entre eux. Je maintiens mes seins ensemble pour qu'il ait de la friction pendant qu'il pompe entre eux.

— C'est si excitant, je dis en me léchant les lèvres. Laisse-moi te goûter encore.

Alistair n'hésite pas. Il avance sur ses genoux, s'accroche au mur pour se stabiliser, et enfonce sa queue profondément dans ma bouche. Il a le goût de l'huile de coco et du sexe, mais bientôt il aura le goût du sperme. Il donne quelques coups de reins, gémissant, puis se retire. Dieu merci, il ne veut pas jouir sans me baiser.

— Ta queue est si énorme, je dis. Si dure. S'il te plaît, baise-moi.

Alistair n'a pas besoin d'autre invitation. Il me retourne pour que je sois à quatre pattes, puis déchire la combinaison à l'arrière, révélant mes fesses. Cela le fait grogner et mordre ma hanche. Je couine et glousse. Sa main lubrifiée est sur mon sexe, balayant mes lèvres, me faisant cambrer le dos de désir.

J'ai besoin de le sentir en moi maintenant.

Alistair masse mes fesses, les fesse, ajoute du lubrifiant, les parcourt avec sa langue. Il mordille la peau, puis la lèche, tout en continuant à caresser mon clitoris. C'est tellement bon.

— S'il te plaît, je le supplie. S'il te plaît, baise-moi maintenant.

Ignorant mes supplications, il prend son temps pour sensibiliser chaque centimètre carré de mes fesses. Mains fortes, fessée, mordillements. Il enfonce ses doigts en moi et commence à lécher mon sexe à nouveau, puis remonte sa langue de là jusqu'à mon anus, trouvant doucement, lentement, la bordure. Il contourne le muscle serré, faisant durer le plaisir exquis, avant de le lécher fort, puis de faire danser sa langue sur l'ouverture.

Je crois que je vais jouir à nouveau. Mon corps est rempli d'étincelles. Je crie, trouvant mon clitoris et le caressant pour me faire basculer. C'est si nouveau, si pervers et si excitant. Alistair fredonne et appuie plus fort, la pointe de sa langue poussant juste un peu, et les feux d'artifice pétillants dans mon bassin explosent, envoyant des vagues chaudes de bonheur dans tout mon corps. Mes jambes, mes pieds, mes mains, tout scintille avec cet orgasme qui envahit mon corps entier. Je suis encore en train de jouir quand Alistair plonge son énorme queue chaude dans mon sexe. Je gémis bruyamment, bouche ouverte, choquée par la sensation soudaine de plénitude que je ressens, et par sa taille et sa dureté.

Putain, c'est ça. *Ça*, c'est le sexe. C'est la meilleure sensation que j'ai jamais éprouvée. C'est tout. Je crie à nouveau alors qu'il pousse, gémissant, dur et rapide, la chaleur, la friction et les étincelles qui irradient. Je suis si mouillée que je dégouline. Son gland frappe mon col de l'utérus encore et encore, et un plaisir différent arrive. Celui-ci, je peux même le sentir dans mon visage, et j'ai envie de pleurer. Je suis de nouveau au bord du précipice, prête à m'envoler. Alistair est proche maintenant. Je dois l'attendre.

— Ne t'arrête pas, je dis. Ne-t'arrête-pas-ne-t'arrête-pas-ne-t'arrête-pas.

Alistair accélère son rythme et pousse plus profondément que jamais, si profond. Si profond, si profond.

Putain !

Mon col de l'utérus se contracte si fort que je suffoque, et mon dernier orgasme massif me frappe de plein fouet. Des lumières clignotent derrière mes paupières closes. Chaleur et humidité. Mes contractions déclenchent l'orgasme d'Alistair, il crie et pompe encore quelques fois alors qu'il jouit fort en moi, mon sexe avide serrant sa queue, prenant tout ce qu'il a à donner.

CHAPITRE 20

Bridezilla

ALISTAIR

— Putain de merde, dit Ivy en se retournant et en s'effondrant sur le lit, plus épuisée que je ne l'ai jamais vue. Combinaison ruinée, rouge à lèvres étalé, peau rose et luisante d'huile. Son sourire est large, mais ses yeux sont exténués. J'embrasse le coin de sa bouche et elle gémit en serrant mon biceps.

— C'était... quelque chose, dit-elle en soupirant tandis qu'elle se redresse en position assise.

— Désolé d'avoir détruit ta combinaison, dis-je. Je n'en suis pas désolé du tout.

Ivy sourit, les yeux mi-clos. — C'est plutôt moi que tu as détruite. Détruit ma volonté de faire quoi que ce soit dans ce monde à part être ton animal de compagnie. Détruit mon sexe.

— Non, je réponds. Ne parle pas comme ça. Je ne ferais jamais ça. J'aime beaucoup trop ton sexe.

— Et dire, dit-elle en regardant le latex déchiré, que je m'inquiétais de mettre de l'huile sur la combinaison.

Je ris doucement. — Un souci de moins, donc. Tu pourras me remercier plus tard.

— Je ne fais rien plus tard, répond-elle. Je vais être dans un coma post-triple-orgasme jusqu'au matin. Ou peut-être pour toujours.

— Un coma semble assez tentant, je dois l'admettre. Je n'avais pas bien dormi depuis des semaines. — Je vais désactiver mon alarme pour demain matin et on pourra faire la grasse matinée.

Ivy rit. — *Toi* ? Faire la grasse matinée ? Je le croirai quand je le verrai.

— Je pourrais te surprendre, dis-je. Je ne suis pas si prévisible.

— Tu es l'homme le plus stable mais le moins prévisible que je connaisse, répond Ivy. C'est ce qui te rend si diablement sexy.

Je vais chercher une paire de ciseaux dans l'armoire de la salle de bain et m'assieds à côté d'Ivy. Je commence à découper la combinaison, lentement et avec soin.

— Les femmes aiment les hommes prévisibles, dis-je. Elles peuvent compter sur eux. Elles se sentent en sécurité.

— Je peux compter sur toi. Tu me fais me sentir plus en sécurité que je ne l'ai jamais été.

— Bien, je réponds. Notre relation jusqu'à présent a été une montagne russe, mais notre amour est resté constant. Quand j'arrive à sa manche en latex, je regarde la bague bon marché à son doigt. — Tu veux toujours te marier ?

— Quoi ? Bien sûr que je le veux !

— Je veux dire, après tout ce qui s'est passé. C'est beaucoup.

Veut-elle vraiment épouser une famille où elle aurait cette cinglée d'Ariana comme belle-sœur et des psychopathes russes comme ennemis ?

— C'est beaucoup, admet-elle. Mais c'est trop tard pour te débarrasser de moi maintenant. Je suis totalement engagée.

— Tu es folle, dis-je en secouant la tête. Notre famille a plus de signaux d'alarme que Tchernobyl.

Elle fronce les sourcils. — Je crois que Tchernobyl a des panneaux jaunes.

Je coupe le dernier morceau de tissu noir. — Miss je-sais-tout.

— Le truc, dit Ivy, pensive, c'est que tu présentes ça comme une décision. Rester ou partir.

— C'est une décision. Chaque jour est une décision. Tu peux partir à tout moment.

— Non, répond-elle. On est bien au-delà de ça. Il n'est pas question de te quitter, Alistair Ravenscroft.

J'essaie d'argumenter, mais elle m'embrasse, et les mots s'évaporent.

— Nous sommes faits pour être ensemble. Nous sommes des âmes sœurs. Il n'y a pas de retour en arrière possible, même si je le voulais – ce qui n'est pas le cas.

— Oui, j'acquiesce, en repoussant les cheveux de son visage pour l'admirer. Faits pour être ensemble.

— Alors... tu es coincé avec moi, j'en ai peur. Elle agite son annulaire pour souligner son propos.

— Mon Dieu, je dois t'emmener acheter une bague.

On ne sait pas où celle-ci a traîné. Elle va probablement te faire verdir le doigt.

Ivy retire vivement sa main. — Quoi ? Non ! Je l'adore. Elle a une histoire.

— Probablement une mauvaise histoire. Elle a probablement été maudite par des gitans.

— On ne dit plus « gitans » maintenant.

— Oh là là, dis-je d'un ton impassible. Dans ce cas, je présente mes plus sincères excuses à tous les gitans dans la pièce que j'ai offensés.

— Ce sont des gens du voyage. Des Roms. De toute façon, il n'y a pas de git... de gens du voyage en Thaïlande, à ma connaissance.

Je pourrais dire la même chose de la Bratva russe, mais ils étaient bien là. La plus grande malédiction de ma vie.

— Nous trouverons quelque chose qui te plaît vraiment, dis-je en lui embrassant la main. Ça n'a pas besoin d'être tape-à-l'œil. Et nous nous assurerons que les diamants sont éthiquement extraits. Et tout ce qui est important pour toi.

— Mais la bague du mont-de-piété va bien avec ma garde-robe d'occasion, dit Ivy. Et ma garde-robe d'occasion n'est pas maudite.

— ...À ta connaissance, je plaisante.

— Eh bien, je t'ai rencontré alors que je portais des vêtements vintage.

— Hmm, dis-je. Je repose ma plaidoirie.

— Alors, je peux la garder ?

— Mère sera absolument consternée, bien sûr.

— Bien sûr, approuve-t-elle.

— C'est une bonne raison de le faire. Garder les attentes basses, pour qu'elle ne se fasse pas trop d'espoirs pour le mariage.

— Que veux-tu dire ?

— Son fils aîné qui se marie ? Le premier mariage familial depuis qu'elle et Père se sont unis ? Elle voudra que ce soit le mariage de la décennie. Elle sera Bridezilla sans être la mariée.

Ivy rit. — Non, elle ne le sera pas. Ta mère est super cool. Super sophistiquée. Je suis sûre qu'on pourra garder ça simple et petit.

J'éclate de rire. — Connais-tu vraiment ma mère ? Rien chez elle n'est simple ou petit.

Les yeux d'Ivy s'écarquillent. — Je ne peux pas faire un grand mariage de fou. Pas question.

— Eh bien, c'est *notre* mariage, pas celui de Mère. Donc tu as le dernier mot.

— Honnêtement, je suggérerais de nous enfuir, mais Ariana a un peu gâché cette option maintenant.

— Hmm. D'accord. Mais tu auras quand même le mariage que tu veux, où et quand tu le voudras. As-tu une saison en tête ?

— Je n'ai rien en tête. Je ne peux pas penser à un mariage – ou à quoi que ce soit d'autre d'ailleurs – jusqu'à ce qu'on récupère Alex. C'est tout ce qui occupe mes pensées.

La mention de son nom est une lance dans mon cœur. Nous avons tous les deux évité de penser et de parler d'Alex parce que c'est tout simplement trop difficile. Une bonne nuit de sommeil me rendra des forces, et demain nous rassemblerons tout le monde et élaborerons une stratégie.

— Oui, dis-je en enveloppant Ivy de mes bras et en nous glissant tous les deux sur le lit pour nous blottir l'un contre l'autre. J'embrasse sa tempe et respire son parfum. Elle est mon baume et ma raison de vivre.

— Nous récupérerons notre bébé.

En quelques minutes, le corps d'Ivy se détend complètement, et je peux entendre à sa respiration qu'elle s'est endormie. Je fixe le plafond, les pensées défilant dans ma tête si rapidement que je ne peux me concentrer sur aucune. Tellement de danger, tant de variables, tant de dégâts déjà causés. J'appellerai Dr Sandringham demain. Ariana en a urgemment besoin, et Ivy et moi ne sommes pas loin derrière. Je n'arrive toujours pas à croire qu'*Ivy a tiré sur Sebastian*. L'anxiété envahit mon corps rien qu'en y pensant, puis la culpabilité s'épanouit comme un nuage en forme de champignon atomique mortel.

Qu'avais-je donc fait à Ivy Mickelson ?

CHAPITRE 21
École de finition pour assassins

IVY

Je me réveille alors qu'Alistair me porte jusqu'à notre vrai lit et me borde. De magnifiques draps en coton fraîchement lavés, contrairement au satin soyeux du donjon taché par nos frasques. Le linge frais et propre est si agréable contre ma peau. Il place un verre d'eau sur ma table de chevet et me caresse les cheveux. Je souris et me blottis, attendant qu'il me rejoigne.

Un certain temps s'écoule. Je somnole et me réveille, l'attendant toujours. À deux heures du matin, son côté du lit reste froid et vide, me donnant un terrible sentiment d'angoisse. J'attrape ma robe de chambre et pars à sa recherche, le trouvant assis comme une statue dans le fauteuil en bas, entouré des affaires du petit Alex. C'est le fauteuil qu'il utilisait pour câliner Alex, mais maintenant ses genoux sont vides.

— Mon amour ? je chuchote, ne voulant pas le surprendre. Ça va ?

Alistair déglutit, l'air angoissé, et hoche la tête.

— Oui.

— Tu mens très mal, dis-je en allumant la bouilloire et en grimpant sur ses genoux. Ses bras m'entourent comme s'ils avaient toujours appartenu à cet endroit, et il m'embrasse sur la tête. Il se penche en arrière avec moi, et je me blottis contre sa poitrine, avide de la chaleur et du réconfort qu'elle offre.

— Je vais te faire du thé, dis-je. Pour t'aider à dormir.

Le rire d'Alistair est amer.

— Il faudra plus qu'une tasse de camomille pour me faire dormir.

— Il y a plein d'écuries dans le coin, je réponds. Je suis presque sûre que je pourrais te trouver un tranquillisant pour chevaux.

Ses doigts appuient sur ses paupières fermées, et il soupire.

— Mon Dieu, ça semble tentant.

— Tu as besoin de repos, dis-je, constatant l'évidence de façon plutôt agaçante. Tu ne pourras pas réfléchir clairement si tu ne dors pas. Nous avons besoin que tu sois au meilleur de ta forme.

— Je ne prends pas de somnifères, dit-il.

Il va peut-être devoir commencer, je pense en moi-même.

— Méditation ? je demande, sachant pertinemment qu'il rejettera l'idée. Je peux te guider à travers une séance de yin yoga relaxante, et on terminera par un yoga nidra.

— Peux-tu répéter ça en anglais normal, s'il te plaît ?

— Du yoga d'étirement doux pour calmer ton

système nerveux. Ou je pourrais te lire un livre vraiment ennuyeux.

— Honnêtement, je préférerais les médicaments vétérinaires.

Je le frappe gentiment.

— N'aie pas peur du yoga. C'est délicieux.

— Hmmm, murmure-t-il dans mon cou. *Tu es* délicieuse.

— Ne me dis pas que tu veux encore faire l'amour, je ris. Tu as failli me tuer tout à l'heure. Tu ne peux pas en vouloir plus.

— En ce qui te concerne, Ivy Mickelson, j'en veux toujours plus.

— C'est trop tard. Tu m'as transportée dans la chambre vertueuse, ce qui m'a transformée en princesse chaste, prête à sommeiller. Tu aurais dû me laisser dans le donjon.

Alistair rit.

— Pourquoi insistes-tu à l'appeler un donjon ? Ce n'est rien de tel.

Je lui fais un clin d'œil suggestif.

— Parce que je te connais. Tu as toutes sortes de trucs pervers là-dedans. Des trucs que tu as trop peur de me montrer parce que je vais m'enfuir.

Il me serre plus fort.

— Ne dis pas ces mots. Ne les dis même pas.

— Je plaisantais, Maître du Donjon. Je ne m'enfuirai pas avant d'avoir vu *tous* tes tours.

— Dans ce cas, j'en garderai quelques-uns secrets. Comme ça, tu ne pourras jamais partir. La curiosité te tuera.

— Comme le petit chat que je suis, dis-je, pensant à la combinaison en latex détruite. Ou, du moins, le petit chat que j'étais.

Nous restons ainsi un moment. La seule chose que j'entends est la grande horloge de la cuisine qui marque son chemin vers trois heures du matin.

Finalement, je sens la tension musculaire d'Alistair céder. Ses bras se relâchent. J'attends encore un peu, puis je me dégage lentement et soigneusement de lui, m'arrêtant quand sa respiration change ou que son doigt bouge. Je me libère sans le réveiller et attrape la couverture à proximité, le couvrant et espérant qu'il aura au moins quelques heures de repos. Je laisse la bouilloire et remonte à la chambre, me glissant à nouveau dans le lit, mais cette fois les draps ne sont pas agréables. Ils sont froids et ne sentent pas Alistair. L'espace vide où il dort semble plus grand et plus froid que jamais.

~

Une nuit agitée de rêves angoissants et d'inquiétudes pour Alistair en bas ne fait aucun bien à mon âme fatiguée. Bien sûr, je suis beaucoup plus préoccupée par lui que par mon triste état. Tout nous rattrape, la violence, l'incertitude, les choses horribles qui sont arrivées. Je savais que cela arriverait, mais c'était agréable de l'ignorer tant que je le pouvais – l'ignorer et masquer les fissures avec du sexe, de l'amour, du champagne et des demandes en mariage improvisées. Mais on ne peut pas ignorer un bébé disparu, aussi fort qu'on essaie. On ne peut pas ignorer le fait que j'avais tué Sebastian De Luca sans même y penser. C'était une réaction automatique, comme si j'avais été formée pour être une assassin dans une autre vie.

Je me traîne hors du lit et me brosse les dents, puis enfile un legging et un vieux t-shirt qui dit « Détruisons le Patriarcat » en un joli texte ondoyant sur un fond de cœurs, de crânes et de fleurs.

Quel était ce vieux livre que j'adorais ? La protagoniste va dans une école de finition pour assassins assez unique. Elle apprend l'art, les bonnes manières à table, les manucures coûteuses, et comment tuer ses cibles sans se faire prendre. À la fin, c'est une incroyable machine à tuer qui sait tenir sa place dans les conversations des cercles sociaux les plus huppés tout en assassinant ses cibles de manière intelligente et créative. Je suis pacifique, et pourtant j'ai dévoré ce livre. Pourquoi ? Parce qu'elle était élégante, féminine, qui déchire, et ne tuait que les Méchants. Et Sebastian était définitivement un Méchant, alors pourquoi est-ce que je me sens si incroyablement coupable et honteuse ?

Parce que c'était de la fiction, et dans la vraie vie, il y a un prix à payer quand on prend des vies. Il semble que le prix sera plus élevé pour les gens comme moi, qui n'envisageraient jamais de prendre une arme à moins d'y être poussés. Je n'oublierai jamais le regard de Becks après avoir appuyé sur la gâchette. C'était comme si elle ne me connaissait pas. Je commence à avoir l'impression de ne pas me connaître moi-même. L'expression d'Alistair était beaucoup plus indulgente – il m'a regardée avec soulagement et, j'ose le dire, admiration. Il y avait aussi du choc, évidemment, mais j'avais gagné son estime. Pas celle de ma meilleure amie, j'en ai peur.

Pauvre Becks, elle doit être folle d'inquiétude pour Noah. Quand Alistair avait disparu, j'étais absolument terrifiée, et elle a pris l'avion pour être avec moi. Elle a refusé de rester avec nous hier soir, mais je peux être avec elle aujourd'hui. J'envoie un message rapide pour lui demander si je peux passer, ou si elle préfère venir ici, je lui préparerais le déjeuner et lui servirais autant de gin que nécessaire. J'envoie l'adresse et ma localisation en espérant vraiment qu'elle acceptera mon offre.

Quand mon téléphone sonne presque immédiatement, je suis sûre que c'est Becks qui refuse mon offre, mais je me trompe.

Rebecca Bradley

Oui s'il te plaît ma reine. Je deviens folle ici toute seule.

Ivy Mickelson

Oh, je suis si contente. Tu veux quelque chose en particulier pour le déjeuner ?

Rebecca Bradley

J'aimerais les couilles de la Bratva pour petit-déjeuner si je suis honnête.

Ivy Mickelson

Je ne pense pas que les talents culinaires de Brumilde aillent jusque là.

Rebecca Bradley

Rétrograde-la immédiatement

Ivy Mickelson

Hé, ne parle pas de Brumilde comme ça. Elle est en or pur.

Rebecca Bradley

Je sais, je sais. Je plaisante. Si tu ne ris pas, tu pleures. Non ?

Ivy Mickelson

Exact.

Des pâtes, ça te va ? Les glucides sont réconfortants.

Rebecca Bradley

Je ne peux pas manger. Trop inquiète. Je viendrai pour le gin.

Et la compagnie ! Évidemment.

Ivy Mickelson

Ça me va. À tout de suite.

— Ivy, dit Alistair derrière moi, me faisant sursauter.

Je pose ma main sur ma poitrine et me tourne vers lui.

— Bon sang. Tu m'as fait peur.

— Désolé, dit-il en me serrant dans ses bras. Tu as pu dormir ? J'ai mis le café en route en bas.

Je prends une profonde inspiration et soupire.

— Tu sais toujours exactement quoi dire. As-tu pu dormir un peu ?

— Un peu. Merci pour la couverture.

Ses yeux ont de subtils cernes sombres en dessous qui correspondent aux miens.

— Tu m'as manqué dans notre lit. Je m'inquiète pour toi.

— Ça ira. J'ai juste beaucoup de choses en tête. Évidemment.

Il prend ma main et nous descendons, suivant le délicieux arôme d'un café frais.

— Becks vient, je lui dis.

— Bien, dit-il en me tendant une tasse. Elle ne devrait pas être seule.

Je prends une gorgée prudente. Dieu merci pour les petites bénédictions comme celle-ci. Comme l'amour d'un bel homme et une tasse pleine de café. Même quand les choses semblent désespérées, il y a toujours quelque chose dont on peut être reconnaissant.

CHAPITRE 22
Une longueur d'avance

ALISTAIR

Je ne vais pas laisser Ivy voir à quel point je suis vraiment angoissé. Je dois être fort pour elle. Mais la vérité, c'est que je ne vois pas comment nous pourrons récupérer Alex. Mon instinct immédiat était la certitude que nous y arriverions, mais maintenant je me débats. Mikhail Kuznetsov nous a battus à chaque tournant. Il a réussi à nous mentir, à nous tromper, à nous piéger. C'est dur à admettre, mais il a toujours eu une longueur d'avance sur nous.

C'est une putain de pilule difficile à avaler.

Les dégâts qu'il a causés sont irréparables. Mariya Ivanov... je la vois encore dans mes rêves. Parfois, elle est vivante et en bonne santé, furieuse contre moi parce que je suis dans son appartement. D'autres fois, elle bouge et respire, mais sa chair se détache de son squelette, ou bien elle est silencieuse et immobile dans sa housse mortuaire gouvernementale moscovite. Le pire cauchemar jusqu'à présent était un bébé Alex pleurant sur les genoux de Mariya. Elle était assise dans un fauteuil à bascule, en décomposition, sans paupières et avec un horrible sourire squelettique pendant que le bébé essayait de se nourrir à son sein. Je frissonne rien qu'en y pensant.

Parfois, la personne morte dans mes cauchemars n'est pas Mariya, mais Blackwood. Comment je l'ai poussé à prendre un risque qu'il n'aurait jamais dû prendre. Un homme excellent et un atout pour notre famille, assassiné lors de funérailles somptueuses mais factices. Mes entrailles se tordent sous l'effet d'une culpabilité corrosive, à tel point que je me penche en avant pour soulager la douleur.

— Tu es sûr que ça va ? demande Ivy. Tu as l'air un peu pâle.

— Ah, dis-je, parfaitement bien. Je suppose que c'est juste le manque de sommeil.

— Tu devrais essayer de faire une sieste aujourd'hui. Tu ne peux pas continuer comme ça.

— Les siestes, c'est pour les tout-petits, dis-je. J'ai des affaires à régler. Cela fait si longtemps que je ne suis pas allé au bureau que Gazinski pense probablement que j'ai été dévoré par des requins.

Les yeux d'Ivy s'écarquillent.

— Tu ne vas pas au bureau, quand même ?

— Pas aujourd'hui, réponds-je.

— Si c'était à moi de décider, tu n'y retournerais jamais. Tu resterais avec moi jour et nuit. Je vais développer de l'anxiété de séparation.

Je lui souris.

— Tu oublies quelque chose.

Elle se redresse.

— Vraiment ? Oh ! La journée « Amenez Votre Maîtresse au Travail » ?

J'attends qu'elle finisse de rire. Ivy rit toujours de ses propres blagues.

— Tu as été promue au rang de fiancée, tu te souviens ? Mais non, ce n'est pas ce que je voulais dire.

Ivy me regarde fixement pendant qu'elle réfléchit, mordillant sa lèvre inférieure. Puis elle comprend.

— Le travail, dit-elle. *Mon* travail.

— Exactement. Tu dirigeras le côté philanthropique de notre entreprise. Mes avocats et comptables vont créer la fondation. Tu n'as pas besoin de t'occuper des tâches administratives ennuyeuses, juste de planifier et de gérer la chose.

Ivy me fixe toujours, comme si ce n'était pas son idée au départ.

— À partir de quand ? demande-t-elle d'une voix étranglée.

— Aujourd'hui, réponds-je. Il n'y a pas de meilleur moment que le présent.

— Mais...

— Ivy, mon amour, je prends ses mains, qui sont froides dans les miennes. Je sais qu'il se passe beaucoup de choses. Beaucoup à digérer, beaucoup à faire. Mais nous deviendrons tous les deux fous si nous obsédons sur une chose que nous ne pouvons pas *encore* changer.

— Mais comment...

— Fais-moi confiance. Ça te fera du bien d'avoir quelque chose sur quoi te concentrer. Imagine tout le bien que tu pourras faire grâce à la fondation. C'est le travail parfait pour toi, et tu es un génie d'y avoir pensé.

— Je ne peux pas, argumente Ivy. Je n'arriverai jamais à me concentrer. Je ferai des erreurs.

— Tout le monde fait des erreurs. Personne ne s'attend à ce que tu sois parfaite.

Ivy n'est pas convaincue, mais elle est à court d'excuses. Elle croise les bras et commence à faire les cent pas.

— Ne t'inquiète pas autant, lui dis-je. Et tu n'as pas à commencer tout de suite. Réfléchis simplement à ce que tu veux faire, et on partira de là. Je t'aiderai pour tout ce dont tu as besoin.

Les épaules d'Ivy se détendent un peu, et elle cesse de froncer les sourcils. Une lueur d'humour apparaît dans ses yeux.

— Je vais avoir besoin que tu me signes de très gros chèques.

— J'ai hâte, réponds-je. Je peux commencer tout de suite, si tu veux.

Ivy rit.

— Il me faut d'abord un plan.

— Je vais quand même te faire un chèque. Enfin, je vais plutôt effectuer un virement, parce que personne n'écrit plus de chèques de nos jours.

— Je dois sélectionner mon premier projet. Ma première cause. Il y en a tellement parmi lesquelles choisir.

Je saisis sa taille.

— Et si je commençais par transférer de l'argent à la cause Ivy Mickelson ? Tu pourras te faire plaisir pendant que tu réfléchis aux façons de dépenser la fortune des Ravenscroft pour aider les moins... fortunés.

— Ce n'est pas nécessaire. J'ai ta carte de crédit.

— Tu n'utilises jamais ma carte de crédit.

— C'est parce que j'ai tout ce dont j'ai besoin, dit-elle en m'embrassant sur la joue.

— Très bien. Une enveloppe pleine d'argent liquide, alors.

Ivy remue les sourcils d'un air joueur et presse son corps contre le mien.

— Là, tu commences à parler mon langage.

— Comme c'est mignon ! je la taquine. Tu as découvert ton premier fétiche !

Ivy rougit.

— C'en est un bizarre.

— Cite-m'en un qui ne l'est pas.

Elle sourit.

— Qui aurait cru que ma carrière finirait dans la charité avec une activité secondaire de prostitution ? Je parie que ma conseillère d'orientation serait fière.

— Bien sûr qu'elle le serait. Tu es une prostituée particulièrement talentueuse.

Ivy sourit et bat des cils. Mon Dieu, comme je l'aime.

Je la serre contre moi, sentant mon sexe durcir contre elle. J'embrasse son épaule et je songe à la prendre sur l'îlot de cuisine, mais un cliquetis se fait entendre à la porte de derrière alors que Brumilde entre avec les chiens.

Ivy s'éloigne de moi comme si nous avions été pris *in flagrante delicto*, et s'agenouille pour saluer Reacher et Bijou.

— Bonjour mes précieuses bêtes ! dit-elle, en les câlinant et les caressant. Ils aboient et la lèchent avec délice.

— Brumilde, dis-je, remarquant son expression triste et ses mouvements lents. S'il vous plaît, prenez la journée. Prenez même la semaine !

— Non, merci, Star, répond-elle, sa bouche formant une petite moue de chagrin. Je deviendrais folle si je n'avais rien à faire. Mieux vaut rester occupée.

— Nous étions justement en train de dire cela, gazouille Ivy. Mieux vaut rester occupé.

Nous jetons tous un coup d'œil aux affaires de bébé éparpillées dans le coin. Des mines antipersonnel de chagrin.

— Ça va être dur, dit Ivy. Mais nous survivrons. Nous ne devons pas être brisés quand nous récupérerons Alex. Il aura besoin que nous allions bien.

— Oui, acquiesce Brumilde. Vous avez raison.

Elle prend une respiration fortifiante, redresse son dos et commence à faire l'inventaire de ce qu'il y a dans le réfrigérateur pour ses courses.

— Becks vient déjeuner, lui dit Ivy. Vous êtes la bienvenue pour vous joindre à nous.

— Ah, le déjeuner, dit Brumilde, s'animant un peu. Je vais le préparer. Ce sera une bonne chose à faire.

Je comprends ce qu'elle veut dire. C'est une tâche assez simple pour ne pas sembler écrasante, mais qui peut quand même lui changer les idées de notre situation.

— Mais je ne resterai pas pour manger. J'ai d'autres choses à faire.

Je traduis cela comme signifiant qu'elle n'a pas d'appétit — pour être honnête, je ne pense pas qu'aucun de nous en ait.

— Je garderais ça léger, suggérai-je. Juste quelque chose pour absorber l'alcool que ces deux-là vont boire.

Brumilde hoche la tête.

— Oui, dit-elle d'un air absent. Oui, je ferai ça.

CHAPITRE 23
En miettes

IVY

Quand la sonnette retentit à midi, je cours pratiquement jusqu'à la porte.

— Putain de merde, dit Becks à sa manière habituelle. C'est ce qu'on appelle une sacrée montée en gamme !

— Entre ! dis-je en la serrant dans mes bras. Je suis tellement contente que tu sois venue.

Becks me tend une bouteille de Prosecco.

— Pas le cadeau le plus réfléchi, je sais, mais je n'avais pas envie de faire les magasins. Elle traînait dans mon frigo à la maison. Je me suis dit qu'on pourrait la descendre pour commencer.

Je ne peux m'empêcher de sourire.

— Parfait, si tu veux mon avis.

— Tu es sûre ? dit-elle en examinant l'intérieur du hall d'entrée. On dirait que cette maison pourrait être allergique à des bulles bon marché comme celles-ci.

— Cette maison n'est allergique à rien, je t'assure. Et

si elle n'aimait pas les choses bon marché, elle m'aurait éternuée dehors depuis longtemps.

— On verra bien, dit Becks en plissant les yeux vers le Prosecco. Ne me blâme pas si tes flûtes à champagne de luxe explosent à son contact.

Je rigole.

— Ça devrait rendre le déjeuner plus excitant.

J'emmène Becks à la cuisine. Elle siffle d'admiration.

— Putain, cet endroit est fabuleux. Ton beau gosse milliardaire se joint à nous ?

— Alistair te passe le bonjour, mais non, il ne sera pas là. Il a une réunion avec Brodie. Il voulait qu'on ait du temps seules. Brumilde aussi.

— C'est un vrai bijou, n'est-ce pas ?

Je soupire.

— Elle l'est, mais elle est bouleversée à propos d'Alex. Évidemment. On l'est tous. Mais je pense qu'on le récupérera.

Becks a l'air gênée et ne répond pas, ce qui envoie une vague froide d'anxiété dans mon corps.

Nous allons *le retrouver*, je pense. C'est juste une question de temps.

Je prends les flûtes dans le placard et les pose sur le comptoir en marbre.

Becks siffle à nouveau quand elle voit le déjeuner que Brumilde a préparé : focaccia à l'ail et au romarin, jambon de Parme, champignons marinés à l'huile de truffe, et une salade fraîche et colorée.

— Je sais, dis-je. C'est beaucoup de nourriture pour deux personnes sans appétit.

Becks fixe son verre vide.

— Si on boit assez d'alcool, je suis sûre qu'on aura faim.

— J'aime ton attitude positive, Becks, dis-je en lui versant un verre de Prosecco. Surtout quand l'alcool est impliqué.

— Eh bien, tu me connais, dit-elle. Elle essaie d'être joyeuse, mais je vois l'inquiétude dans ses yeux. Il faudrait être aveugle pour ne pas la remarquer. Nous prenons chacune un tabouret de cuisine et trinquons. Becks prend une gorgée. Ça fait bizarre de boire des bulles alors que c'est tout sauf une célébration.

— Oui, je suis d'accord. Mais dans des moments comme celui-ci, toutes les règles tombent par la fenêtre.

Becks pointe son verre vers moi.

— Fait.

— Qu'est-ce qui est l'opposé d'une célébration, d'ailleurs ? je demande.

Elle hausse les épaules.

— Je ne sais pas. Une veillée funèbre ?

— Peut-être. Je rapproche la focaccia dans une tentative pour inciter Becks à manger quelque chose. Elle a l'air magnifique. Je dois demander à Brumilde de m'apprendre à la faire. Il y a quelque chose de cathartique dans la préparation du pain, comme nous l'avons tous appris pendant la pandémie.

J'attends que nous ayons terminé notre premier verre et demi avant d'aborder la raison de sa présence ici.

— Alors... tu veux parler de Noah ? je demande. Tu n'es pas obligée. Seulement si tu penses que ça va t'aider.

Becks soupire, hausse les épaules et secoue la tête.

— Qu'est-ce qu'il y a à dire ?

— Que tu lui manques. Que tu es morte de peur pour lui ?

— Oui. Mais ce n'est pas une nouvelle information.

— Tu n'es pas ici pour me divertir, dis-je. Je n'ai pas besoin de nouvelles informations. Je suis ici pour écouter tout ce dont tu veux parler.

Becks avale la moitié restante de son verre.

— On peut passer à quelque chose de plus fort ?

Je nous verse de généreux gin tonics et nous déplaçons au salon, où c'est plus confortable. J'allume le feu et présente Becks aux chiens endormis, qui lèvent à peine une oreille en guise de salut.

— Ils sont généralement plus excitables, dis-je.

— Des colliers chics, dit Becks. Comme prévu. J'aime particulièrement celui avec des diamants. Ne me dis pas qu'ils sont vrais, ou je risque de vomir.

Je rougis et ignore la question. Les diamants ne sont sûrement pas vrais, mais on ne sait jamais avec les riches.

— Les médailles gravées sont des AirTags, dis-je. N'est-ce pas ingénieux ?

— Très, dit Becks, tirant ses lèvres vers le bas comme si elle était impressionnée. Maintenant, il ne leur manque plus que des Go-Pro et ils pourront lancer leur propre compte TikTok.

J'apporte le jambon de Parme et la focaccia, toujours dans l'espoir que Becks mangera quelque chose. Nous nous asseyons par terre devant le feu. C'est une sensation sécurisante dont nous avons toutes les deux besoin.

Becks se gratte le cou.

— C'est juste que... tout s'est passé tellement vite, tu comprends ?

— Oui ! Mon Dieu, oui. C'est comme un brouillard.

— Je ne sais pas comment me sentir. Noah pourrait être parfaitement bien, ou il pourrait être mort dans une benne à ordures quelque part.

Je frissonne à cette image.

— Mais dans ce cas, quelqu'un aurait trouvé son... corps, non ? Avant que je puisse répondre, elle s'exclame avec frustration, les yeux grands ouverts et larmoyants. Son *corps*. Je n'arrive même pas à croire que j'ai cette conversation. Le monde est-il devenu fou ?

Ce n'est pas le bon moment pour lui dire que des familles comme les Kuznetsov et les Ravenscroft ne laissent jamais de corps derrière eux. Je prends une grande gorgée de mon gin et espère que cela arrêtera mon estomac de se retourner.

— Je ne pense pas qu'ils l'auraient tué, dis-je d'une petite voix. Tout tourne autour de jeux de pouvoir et de leviers. Les otages sont des atouts pour des gens comme lui.

— Révoltant, dit-elle, en refoulant ses larmes. Comment les gens peuvent-ils *être* comme ça ?

— Le Baron du Miroir a fait bien pire, murmuré-je. Il est purement maléfique. C'est juste une machine sans cœur qui fonctionne à l'avidité et à la colère.

— Mais tu sais ce qui est bizarre ? demande Becks. Noah ne me manque pas autant que je pensais.

— C'est parce que tu es en état de choc, répondé-je.

— Peut-être, dit-elle, mais c'est bizarre. Comme si... peut-être que je ne l'aimais pas autant que je le pensais ?

Je me penche pour ajouter une bûche au feu.

— C'est un type génial, Becks. Je suis sûre que c'est juste le choc qui parle.

— Peut-être, dit-elle. Becks dit souvent *peut-être* quand elle n'est pas d'accord avec moi mais n'est pas encore à cent pour cent convaincue de sa position. Elle secoue la tête. C'est tellement déroutant. C'est difficile à décrire. Il y a juste quelque chose qui cloche et que je n'arrive pas à cerner.

— Tu ressentais ça avant sa disparition ?

Elle réfléchit un moment.

— Ouais, dit-elle. Un peu. Ouais. Genre, quand il nous a acheté les billets d'avion pour la Thaïlande, je me souviens avoir pensé que j'aurais aimé qu'il achète juste mon billet et qu'il reste derrière. Quelle garce, pas vrai ?

— Vie sexuelle ? je demande.

— Moyenne à bonne, répond Becks. Il nécessite de la formation, mais tous les hommes en ont besoin.

Encore une fois, je garde mes mots pour moi.

— Ives. Est-ce que j'essaie de me convaincre que je n'ai jamais vraiment aimé ce gars pour que, quand on le retrouvera mort, je n'aurai pas à tomber en miettes ?

— Non. Pas si tu ressentais ça avant.

— Peut-être que j'invente ça. Peut-être que je délire à cause du stress.

Je secoue la tête.

— Maintenant que j'y pense, je n'ai pas ressenti cette vibration de lune de miel folle d'amour entre vous quand vous étiez ensemble.

— Exactement, dit Becks en posant brusquement son verre. Putain. Je suis une vraie salope. Je ne l'aimais même pas assez pour vouloir qu'il soit là lors d'un voyage qu'*il* a payé, et maintenant il est complètement foutu parce qu'il essayait de m'aider.

— On ne sait pas ça, dis-je doucement. On ne sait rien.

— On sait qu'un être humain parfaitement gentil est maintenant mort ou en danger à cause de *moi*.

Je n'aime pas la tournure que prend cette conversation. Si elle se blâme pour Noah, alors il s'ensuit que je suis à blâmer pour nous avoir mis dans cette situation en premier lieu. Je prends une profonde respiration.

— Je vais chercher d'autres verres.

CHAPITRE 24
Disparu

ALISTAIR

L'appel vidéo ne se déroule pas comme prévu. Ce foutu Christopher n'arrête pas de m'interrompre, Mère le réprimande constamment pour son langage coloré, et Brodie a l'air d'un cerf pris dans les phares d'une voiture, maintenant qu'il est finalement exposé au chaos que ma famille apporte à pratiquement toutes les réunions.

— Christopher, dis-je pour la dixième fois. Est-ce que tu pourrais te mettre en sourdine pour que les adultes puissent avoir une conversation ?

Sa mâchoire se décroche. Je mentirais si je disais que ce n'est pas satisfaisant à voir. Il commence à protester, alors je coupe son micro à sa place. Être l'hôte de ces appels a ses avantages. Un invité anonyme se joint à nous, ce qui m'irrite — jusqu'à ce que je voie que c'est Ariana.

— Ariana ! s'exclame Mère. Tu nous as rejoints. Je suis si contente que tu sois là.

Ma sœur a l'air maussade, comme j'en ai maintenant

l'habitude. Des yeux de raton laveur enfoncés dans sa peau pâle ; tellement différente des souvenirs que j'ai d'elle comme une enfant joyeuse et rayonnante. Ma colère envers ce que De Luca lui a fait mijote dans ma poitrine.

— Ari, dis-je, en essayant de garder un ton égal. Je ne savais pas que tu te joindrais à la réunion.

Je remets le son pour Christopher.

Brodie a les yeux écarquillés. Il reste silencieux, nous observant avec la perspicacité d'un agent de renseignement, malgré son apparence de gamin de quatorze ans.

Ariana cligne des yeux et s'éclaircit la gorge, puis prend une gorgée de quelque chose dans une fine tasse à thé qui ne correspond pas à son apparence emo.

— Salut.

Mère sourit avec tension.

— Ari aimerait rejoindre l'entreprise familiale.

Un silence stupéfait s'installe.

— Rejoindre l'... entreprise familiale ? je répète. Je suis certain d'avoir mal entendu.

— Avant que tu ne dises quoi que ce soit de... préjudiciable, avertit Mère, sache que je soutiens sa décision.

— Tu es devenue folle ? demande Christopher, qui ressemble à un poisson hors de l'eau.

Je soupire et le remets en sourdine.

Mère poursuit.

— Envoyer Arian... Ari... à la clinique était une erreur. Cela l'a éloignée alors que nous aurions dû la garder près de nous. Son intégration dans l'entreprise est une façon de remédier à cela.

Je vois l'étincelle dans les yeux de Mère. *La garder près de nous* semble être un code pour *la surveiller de près*.

— D'accord, dis-je. Ça me paraît bien. Où allons-nous la placer ?

— Je suis là, tu sais, lance Ariana. Je ne suis pas un meuble.

Je secoue la tête.

— Tu as raison. Je suis désolé. Où te vois-tu dans l'entreprise ? Je peux demander aux RH de t'envoyer une liste de postes possibles...

— Je vais diriger les opérations de Manchester, dit-elle.

C'est à mon tour de rester bouche bée.

— Tu quoi ?

— Ça a tellement de sens, intervient Mère. Elle connaît l'entreprise sur le bout des doigts.

— Premièrement, ce n'est pas notre entreprise. Deuxièmement, elle est en faillite. Elle est probablement toxique, peut-être même radioactive. Je n'y toucherais pas avec une perche de trois mètres.

— C'*est* notre entreprise, siffle Ariana. Une que j'ai aidé à construire. Et elle n'est en faillite que parce que tu as volé la ligne Granite.

Je serre la mâchoire. Ce n'est pas le moment d'avoir à nouveau cette dispute.

— Avec moi à la tête de Manchester, avec un accès complet à vos canaux de distribution, je pourrai redresser l'entreprise rapidement. J'ai toute l'expérience et les contacts dont j'ai besoin.

Je réalise qu'elle ne demande pas ma permission.

Elle a déjà décidé, comme c'est son droit. Pourtant, j'ai du mal à l'accepter.

— Tu auras besoin de capital, je réponds. Combien penses-tu qu'il te faudra pour commencer ?

— Cinq cent mille ? J'aimerais que ce soit un prêt continu.

— Tu es sûre de vouloir faire ça ? je lui demande. Je ne pense pas que Dr Sandringham approuverait. Manchester est l'endroit où le mal a couvé, où elle s'est transformée d'une belle enfant rayonnante en la femme abîmée que je vois à l'écran, avec son corps d'oiseau et ses yeux éteints.

— Oui, répond-elle.

— Je vais demander à Margaret de transférer les fonds.

Ariana hoche la tête.

— Merci.

Je remets le son pour Christopher. Cela semble assez sûr, puisqu'il se contente de fixer l'écran, l'air atterré.

— Tu ne me donnerais pas un demi-million pour m'amuser, se plaint-il.

— Tu as déjà beaucoup pour t'amuser, je réponds. Seulement maintenant, tu as de la concurrence. Mettons de côté cinq cent mille pour toi et voyons qui rapportera le plus de profit ce trimestre.

Le plus léger des sourires tire sur les lèvres d'Ariana. Enfin. Mère a raison, plus nous pourrons garder Ariana près de nous, mieux ce sera, surtout avec le bébé en route.

— J'ai une condition, dis-je, espérant ne pas ruiner la

microscopique parcelle de bonne volonté que je viens d'obtenir. J'aimerais que tu vives au manoir.

— Quoi ? crache-t-elle, le visage crispé. C'est idiot. Pour diriger Manchester, je dois être *à Manchester*.

— Je pense que le confinement de la pandémie a prouvé le contraire, dis-je. Toutes tes affaires peuvent être gérées d'ici, et nous renoncerons aux activités là-bas qui nécessitent ta présence en personne. C'est plus sûr comme ça.

— Non, lance-t-elle. J'en ai fini d'être contrôlée, surtout par des hommes.

— Tu n'as pas idée à quel point ça me rend heureux, dis-je. La dernière chose que je veux faire, c'est essayer de te contrôler, surtout après ce qui s'est passé.

Elle lève les yeux au ciel de façon dramatique.

— Et pourtant, tu me dis où vivre. Et pas seulement ça, mais retourner vivre chez mes parents !

— Je comprends que tu aies besoin d'indépendance dans ta vie, maintenant plus que jamais. Tu as besoin de ton autonomie, mais déménager au manoir ne l'entravera pas.

— Facile à dire pour toi. Tu as ton propre logement !

— Il a raison, Ari, dit Mère, ses yeux s'adoucissant. Reste avec nous jusqu'à ce que tu sois sur pied. Tu as traversé tellement d'épreuves, et nous avons des décennies à rattraper. Je ne supporte pas l'idée que tu vives à Manchester, pas quand nous venons juste de te récupérer ! Rentre à la maison, ma chérie. On te gâtera. On te remettra un peu de chair sur les os et on s'occupera de toi pendant que tu te prépares pour le bébé. Tu auras ton propre espace — tu pourras avoir ta propre aile ! — et tu n'auras pas besoin de cuisiner ni de faire le ménage, tu pourras simplement te concentrer sur les affaires.

— Sans compter qu'il n'y a pas d'entreprise sans le capital, ajoute Christopher. Donc il y a ça aussi.

— Très bien, dit-elle entre ses dents, en clignant lentement des yeux.

— Excellent, s'exclame Mère, rayonnante. C'est une excellente nouvelle.

Christopher sourit d'un air narquois.

— Je parie qu'après qu'Ari aura emménagé au manoir, vous aurez du mal à la faire partir. Toute cette nourriture gratuite et cette garde d'enfant... ce sera difficile de partir.

— J'adorerais ça, répond Mère. Je vais pourrir cet enfant.

Une douleur aiguë me traverse la poitrine que je n'identifie pas immédiatement — puis je réalise que je pensais à Alex. Comment il était le premier petit-enfant, et maintenant il est simplement disparu.

CHAPITRE 25

Échanger la violence contre l'amour

IVY

— Merci pour tout ça, dit Becks en poussant un profond soupir et en s'adossant contre le canapé. Le feu réchauffe agréablement nos jambes tendues et nos visages. Bijou fait ce petit ronflement adorable qui lui est propre.

J'essaie de garder un ton léger. — L'alcool ? Tout le plaisir est pour moi.

— L'alcool, le feu, les chiens, la compagnie. C'est exactement ce dont j'avais besoin.

— Moi aussi, je réponds, et je le pense vraiment. Je peux traverser beaucoup d'épreuves si je sais que Becks est de mon côté. Même si, à ce stade, je ne suis pas sûre à cent pour cent de la mériter.

Elle regarde la bague à mon doigt. — Alors, tu vas te marier, hein ?

Je souris faiblement, me sentant vaguement gênée par ces fiançailles. — Apparemment.

— Je n'avais pas vu ça sur ton carton de bingo cette année.

Je ris doucement. — Moi non plus. Ce n'a été que surprise après surprise depuis qu'on m'a ramassée sur ce trottoir.

— Tu n'as pas besoin que je te le dise, mais tu sais qu'il n'y a aucune urgence à convoler, n'est-ce pas ?

Becks n'a jamais été fan du mariage. Je suis partagée, mais mes parents sont l'exemple vivant de ce que peut être un solide partenariat de vie.

— Oui, je réponds en jouant avec un fil qui dépasse de mon t-shirt. Je ne suis pas pressée. Alistair insiste pour acheter une nouvelle bague de fiançailles.

— J'aime bien celle-là, dit-elle en regardant la bague du mont-de-piété. Le symbolisme et tout ça.

Je la regarde. — Oui. Échanger un pistolet contre une bague de fiançailles. Échanger la violence contre l'amour. Je pensais qu'on aurait un peu de paix, mais ensuite ces putains de Russes sont arrivés.

— Ouais. En mettant le feu à une chapelle de mariage.

Mon index me démange. Comme si Becks le savait, elle me regarde droit dans les yeux. — Quand comptais-tu me dire que tu savais tirer avec un flingue ?

Mes joues s'empourprent, et l'effet est exacerbé par le gin et le feu.

Becks sourit d'un air narquois. — Tu pensais t'en tirer comme ça, en me faisant croire que c'était juste un coup de chance ?

Je soupire et caresse l'oreille de Reacher avec mon pied. Je porte mes chaussettes porte-bonheur, celles que je mets quand je me sens déprimée. Le motif représente un léopard portant des lunettes de soleil et un sourire ravageur. — Je ne te l'ai pas dit parce que je ne voulais pas que tu t'inquiètes.

— C'est des conneries, Ives.

— Je...

— À quoi ça sert d'être amies si tu me caches ce genre de trucs ?

Ma mâchoire s'ouvre. À quoi ça sert *d'être amies* ? Je me précipite pour m'expliquer. — C'était quand Jeff était à son plus... volatile.

Son expression s'adoucit, tout comme ma voix.

— Je prévoyais de partir, mais j'avais trop peur. Je savais qu'il me poursuivrait. Puis j'ai trouvé une arme dans son tiroir.

Les lèvres de Becks s'entrouvrent. — Putain de merde, Ivy.

— Je pensais... *Je savais* que tôt ou tard, il l'utiliserait contre moi. Alors j'ai pris des cours.

— Des cours de tir ?

— Ouais. Juste quelques-uns pour m'habituer à la sensation de tenir une arme. Et un peu de pratique sur cible. Je n'en ai parlé à personne. C'était mon petit secret qui me gardait en sécurité.

— Tu aurais pu me le dire, dit Becks. Tu aurais dû me dire que Bates avait un putain de flingue à la maison !

— J'avais honte, j'avoue. Honte d'être dans une relation abusive, honte d'être avec un homme qui ramenait une arme à la maison. Honte d'avoir pris des cours parce que j'ai toujours détesté les armes et la violence, et maintenant j'apprenais à... tirer sur quelqu'un !

Becks pousse un puissant soupir. — Tu penses que *moi*, je t'aurais jugée ? Tu es complètement dingue, tu le sais ça ? J'aurais été là avec toi, à astiquer ton flingue. Tu as fait ce qu'il fallait pour te protéger. Tu n'as pas à en avoir honte.

— C'est différent pour toi, je dis. Tu n'as pas cette horrible honte qui fait bouillonner le sang comme nous, les humains normaux.

— La honte est un choix, dit Becks. Soit tu adhères aux conneries, soit tu n'y adhères pas.

Je secoue la tête. Ce n'est pas si simple pour moi. J'aimerais que ce le soit.

— Tu y arriveras, dit-elle. Tu dois t'entraîner. Je parie que tu te sens encore coupable quand tu as la gueule de bois.

Je ris doucement. — C'est vrai.

Elle hausse les sourcils. — Tu vois ce que je veux dire ? Des conneries totales. Penses-tu que les hommes ressentent de l'anxiété après une cuite ? Non. Penses-tu que les hommes sont découragés d'être ambitieux ? D'avoir des coups d'un soir ? Penses-tu que les hommes ont honte du nombre de personnes avec qui ils ont couché ?

— Non, je réponds.

— La honte maintient les femmes petites. Elle impose un bon comportement. Dans ton cas, avec Jeff, elle t'a maintenue dans une situation dangereuse alors que tu aurais dû te sentir libre de prendre des décisions qui assureraient ta sécurité.

— Je suis désolée de ne pas te l'avoir dit. J'aurais dû.

Becks redresse les épaules. — Exactement, tu aurais dû. Je te pardonne... *cette* fois.

— Ouf, je dis, et je fais semblant d'essuyer la transpiration de mon front. Ça fait un moment que je n'ai pas subi un interrogatoire aussi intense. J'ai soif. Toi aussi ?

Becks hoche la tête avec enthousiasme. — Allons nous mettre complètement minables et ensuite *ne pas* avoir honte de notre gueule de bois.

Je me lève, réticente à m'éloigner du feu douillet mais désireuse de préparer une autre tournée de boissons pour estomper les émotions les plus difficiles de notre situation actuelle. Le téléphone de Becks vibre avec un message. Elle le saisit, et je me retrouve à retenir mon souffle. Je ne peux m'empêcher de penser qu'ils ont retrouvé le corps de Noah. Becks hoquète et lâche le téléphone comme s'il s'agissait d'un charbon ardent, puis le reprend, bouche ouverte.

J'arrive à peine à respirer. — Qu'est-ce que c'est ?

Elle ne répond pas. Le corps raide, sa respiration est superficielle tandis qu'elle lit et relit le texte.

— Becks ? je chuchote.

Elle réfléchit, essaie de comprendre. Je tends la main, lui proposant de lire le message. Becks n'a pas besoin d'encouragement – elle me le pousse dans la main comme si elle ne voulait plus jamais le voir.

NUMÉRO INCONNU

Becky. Pas beaucoup de temps. NE RÉPONDS PAS À CE MESSAGE CE N'EST PAS MON TÉLÉPHONE. J'ai trouvé un moyen de faire sortir Alex pour te l'amener. Je ne peux pas partir mais je peux le faire sortir.

Voir l'emplacement épinglé, porte arrière fenêtre, ce soir à 21h. N'EN PARLE À PERSONNE. Ils me tueront s'ils le découvrent. Je supprime ça maintenant. NE RÉPONDS PAS. N x

Mon cœur fait un bond. Putain de merde. Becks et moi nous regardons fixement pendant un moment, puis j'appelle Alistair en criant.

CHAPITRE 26

Décompresser

ALISTAIR

— Bien, dis-je. À quoi passe-t-on maintenant ?

Christopher gémit. — Pourquoi fait-on ça sur Zoom ? On ne pourrait pas simplement se retrouver ? J'ai envie d'un dîner à trois plats avec des Crêpes Suzette.

— Ivy et moi avons besoin de temps pour... décompresser.

— Ah ! Alors c'est comme ça que les jeunes appellent ça de nos jours.

— Christopher, le réprimande Mère. Dois-je te rappeler ce qu'Alistair et Ivy ont traversé ? Bien sûr qu'ils ont besoin de temps pour se remettre.

Christopher fait la moue. — Ari a vécu pire, et elle semble le gérer.

Dans mon esprit, je vois le corps de Sebastian tomber au sol dans la chapelle. Ariana à genoux, hurlant et pleurant. Le sang sur sa robe de mariée. Pas étonnant qu'elle ait l'air d'un zombie. C'est un miracle qu'elle soit suffisamment bien pour participer à l'appel.

— Nous avons tous nos méthodes pour faire face, répond Mère. Arian-Ari a frappé dans les murs et Père a écouté ses vinyles. Mes mains sont absolument lacérées après avoir taillé les roses.

Elle lève ses mains pour nous montrer.

— Sandringham, je murmure.

— Qu'as-tu dit, mon chéri ?

— Je dois appeler Dr Sandringham. Elle peut nous faire un débriefing et proposer des pistes à suivre.

— Pas question, dit Ariana. Je ne veux pas cette femme près de moi.

Mère fait tsk-tsk. — Dr Sandringham est une psychologue formidable.

— Eh bien, tu peux profiter de ses services de psy, mais ne m'implique pas.

— Ari, dis-je en choisissant soigneusement mes mots. Je t'ai déjà fixé une condition, donc je ne vais pas te forcer sur autre chose. Je prends une respiration. Mais je te recommande vivement de te faire aider pour gérer ce bordel. Nous avons *tous* besoin d'aide.

— Je ne lui fais pas confiance, dit Ariana. C'est elle qui m'a envoyée loin.

— D'accord, je soupire. Je demanderai à Syd de recommander quelqu'un d'autre.

— Bien, dit-elle en croisant les bras.

Mère sourit radieusement. — Je suis sûre que ce qu'Ari veut dire, c'est *merci, Alistair*.

Je peux voir que Mère va réapprendre les bonnes manières à Ariana. Bonne chance à elle.

— Donc, est-ce qu'on peut quand même venir pour

un rôti ? demande Christopher. Même si Alistair et sa hippie fiancée chasseuse de dot ne peuvent pas venir ?

— Avec plaisir, répond Mère. Je ne raterais pas une occasion de nourrir Ari.

Christopher est ravi. — Tu es comme la sorcière dans Hansel et Gretel. L'engraisser avant de—

Je le mets en sourdine à nouveau. Cet homme n'a aucun filtre.

Brodie, que j'avais presque oublié, ouvre enfin la bouche. — Eh bien, euh, Monsieur Ravenscroft, monsieur, nous devrons discuter des exigences de sécurité supplémentaires.

— Oui, je réponds. Double, triple, ce que vous pensez nécessaire.

— Oui, monsieur. Euh... puis-je demander dans quelle équipe Henderson se trouve maintenant ?

Je fronce les sourcils. — La mienne. Toujours la mienne. Pourquoi cette question ? Mais avant de finir ma question, je connaissais déjà la réponse en observant l'expression d'Ariana. Elle se mord la lèvre. Henderson est toujours avec Ariana. Ça ne devrait pas être une surprise, après l'avoir entendu confesser son amour pour elle.

Eh bien, eh bien, eh bien.

— À moins que... dis-je. À moins qu'Ariana ait besoin de lui dans son équipe. Ça me va.

— C'est généreux de ta part, mon chéri, rayonne Mère. J'apprécie vraiment sa présence ici.

Est-ce que la présence de Henderson est l'une des raisons pour lesquelles Ariana semble faire face ?

Henderson est une nette amélioration par rapport à Sebastian, c'est certain. Je pense que Henderson pourrait être notre allié le plus puissant dans cette bataille pour retrouver la véritable Ariana.

J'observe Brodie qui nous scrute de ses yeux perçants. Il remonte ses lunettes sur son nez et prend une note sur sa tablette. — Autre chose, Brodie ?

— Je n'ai pas encore pu localiser Kuznetsov, dit-il d'un ton d'excuse.

— Je m'en doutais, je réponds. Avez-vous quoi que ce soit ?

— Non, monsieur. Leurs voitures se sont dirigées vers le nord, mais nous les avons perdus après ça.

— On aurait dû mettre un AirTag sur ce bébé, dit Christopher. Si Mère avait été dans sa chambre, je suis sûr qu'elle lui aurait tiré l'oreille pour ça. Je me contente de le foudroyer du regard. Il ne cherche pas à être cruel. Comme Mère l'a dit, nous avons tous nos propres méthodes pour faire face.

— Quel sera le plan ? demande Ariana. Tu sais, une fois qu'on les aura trouvés ?

— Je ne sais pas encore, je réponds. Chaque fois que nous les avons approchés, nous en sommes sortis perdants. Brodie, les renseignements sur cette affaire devront être les meilleurs que vous ayez jamais obtenus. Mikhail a surpassé Blackwood et chaque membre de cette famille. Ça ne peut pas se reproduire, pas avec Alexander dans l'équation.

— Oui, monsieur, répond-il avec un hochement de tête, oui, monsieur.

— Et nous n'agirons pas tant que nous ne serons pas prêts à cent pour cent. Je ne me précipiterai pas avec ces gens. Nous sommes déjà en position de faiblesse, et cela doit changer. Je suis presque certain que l'homme de renseignement de Mikhail n'est pas aussi intelligent que vous, alors battons-le cette fois.

— Oui, Monsieur Ravenscroft.

Nous hochons tous la tête, un accord silencieux que nous avons dit ce qui devait être dit.

— Séance levée ! crie Christopher, regardant sa montre, malgré l'horloge sur son écran. Bon timing, en plus. J'ai un rendez-vous.

— Évidemment, je réponds d'un ton neutre.

— Profites-en bien, mon chéri. Je parlerai à Suzette de nos projets de dîner. Je suis sûre qu'elle nous préparera quelque chose de spécial. Alistair, fais-moi savoir si tu changes d'avis pour venir. Sans pression, bien sûr. Prenez tout le temps dont vous avez besoin.

Ce serait bien de passer du temps avec Ariana, de commencer à la reconnaître. J'espère que ses piquants d'oursin se rétracteront avec le temps.

— Je le ferai.

— Brodie, vous êtes également le bienvenu, sourit Mère. Elle adore avoir la famille réunie, même si elle est fracturée. Brodie sourit et marmonne quelque chose d'inaudible.

— Au revoir, les Ravens, dit Christopher, et son écran disparaît. Ariana disparaît sans dire au revoir. Mère fait un signe de la main et part.

Je suis sur le point de terminer la réunion quand j'entends Ivy crier mon nom, et pas de manière agréable. Mon adrénaline me propulse hors de ma chaise et je suis presque sorti de la pièce. Elle a l'air affolée. Mon Dieu, que s'est-il passé maintenant ?

CHAPITRE 27
Sheherazad

IVY

— Alistair ! Alistair ! Je monte les escaliers en courant, mais il est déjà en train de descendre, alors je fais demi-tour. Il me suit jusqu'au salon où il fait un signe de tête à Becks.

— Qu'est-ce qui se passe ? demande-t-il.

Je lui montre le message. Il le lit plusieurs fois.

— C'est de Noah ? demande-t-il.

Becks hausse les épaules. — Ça pourrait être de n'importe qui. Il m'appelle bien Becky, et termine toujours ses textos comme ça – « N » avec un bisou. Mais ils auraient pu le forcer à l'envoyer.

— Donc, ça pourrait être de lui ? demande-t-il. C'est possible.

— Oui, acquiesce Becks.

Alistair se ronge l'ongle du pouce, un profond pli creusant son front. — Argh, gémit-il, comme s'il avait une migraine. Il n'arrive pas à réfléchir clairement parce que, comme moi, il est trop impliqué émotionnellement.

Désespérément en quête d'une preuve que ce message est authentique, désespérément en quête d'une chance de récupérer notre bébé.

Une partie de moi veut être imprudente et dire *allons-y*. Même si c'est une infime chance de récupérer Alex, allons-y, et au diable les conséquences. Mais nous faire tuer ne résoudra rien. Mes entrailles sont lourdes d'appréhension.

Alistair détache son regard du téléphone. — Kuznetsov pose des pièges. C'est sa façon de procéder.

— Oui, dis-je. J'avale le goût amer qui me monte à la gorge.

— Mais si ce message vient vraiment de Noah, ce sera notre seule chance de récupérer Alex.

Je hoche la tête. J'ai besoin que ce soit vrai. J'ai besoin que ce message vienne de Noah. J'ai besoin de n'être qu'à quelques heures de tenir Alex dans mes bras à nouveau.

— J'irai, dit Becks. Ça vaut le risque.

— Non, je réponds, pas question.

— Qu'est-ce qu'ils vont faire ? demande-t-elle. Me tuer ? Ça ne ressemble pas à un bon plan de leur part. Je ne suis personne. Pourquoi se donner tout ce mal ?

— Peut-être qu'ils pensent que tu amèneras Ivy. Ils savent que s'ils ont Ivy, ils m'ont moi.

Becks tape du pied, pensive. — Noah a spécifiquement dit de venir seule.

— C'est exactement ce qu'on s'attendrait à ce qu'il dise.

— Et si on y allait vraiment ? je me risque. Becks et moi, avec Henderson à proximité.

— Absolument pas, ordonne Alistair. Ça n'arrivera jamais. N'y pense même pas.

D'habitude, je me hérisserais qu'on me dise quoi faire, mais je sais qu'Alistair ferait n'importe quoi pour me protéger.

Alistair se frotte le menton barbu. — J'ai Brodie au téléphone, dit-il. Je vais lui demander son avis sur la marche à suivre.

Il s'éloigne avec le téléphone, nous laissant, Becks et moi, dans un silence terrifié. Et si c'était notre seule chance de récupérer Alex ? Ça ne se reproduira jamais. Je ne supporte pas l'idée de manquer cette opportunité.

— Je n'arrive pas à croire que ça arrive, dit Becks. Je n'arrive pas à croire qu'ils ont Noah ! Putain.

On entend le téléphone vibrer de nouveau. Alistair est sur le pas de la porte. Nous nous tournons toutes les deux vers lui, clignant des yeux, en attente.

— Sheherazad, dit-il.

Je fronce les sourcils, mais les yeux de Becks s'illuminent.

— Sheherazad, répète-t-il. Qu'est-ce que ça veut dire ?

Becks déglutit, hésite. — C'est notre mot de sécurité.

— Alors... il dit que ce n'est pas sûr ? demande Alistair. C'est un feu rouge. Ne venez pas ?

— Ou il essaie de me prouver que c'est bien lui qui envoie le message.

— Oh mon dieu, dis-je. Toutes ces putains d'énigmes et de pièges. Des écrans de fumée et des jeux de miroirs. C'est comme être dans un putain de parc d'attractions slave d'enlèvement et de meurtre. Je n'en peux plus.

— Bordel de merde, approuve Alistair avant de remonter pour continuer son appel.

Je réalise que je tiens toujours deux verres vides, alors je vais dans la cuisine et je fracasse quelques glaçons, essayant de me débarrasser de mon énergie nerveuse. Ensuite, j'éviscère un citron vert frais et l'ajoute à nos verres. Je me sens sur le point de déborder. Pas de rage, mais de désespoir.

Je jette des éclats de grenade et des baies roses, puis complète le gin avec du tonic.

Comment les gens peuvent-ils être si mauvais ? Pourquoi Kuznetsov essaie-t-il de nous détruire ? La rivalité des Redbrick était tragique mais compréhensible – deux familles proches qui se disputent et se déchirent pour leurs fortunes partagées. Mais les Russes n'ont absolument aucune prétention sur l'entreprise des Ravenscroft.

Je m'appuie contre le comptoir, fixant les gin tonics alors que les bulles éclatent à la surface. Déchirée entre prendre une minute pour moi et être là pour Becks, je prends quelques respirations supplémentaires pour me recentrer, puis je retourne vers la cheminée.

Becks et moi finissons nos verres et, toujours en attendant qu'Alistair termine son appel, emmenons les chiens faire un tour sur la propriété. Elle lance un bâton pour Reacher tandis que Bijou reste en retrait avec moi. C'est une vraie princesse et ne rapporte pas les bâtons.

Becks est plus silencieuse que je ne l'ai jamais connue, et c'est inquiétant. Je ne peux m'empêcher de me sentir coupable. Mon téléphone vibre dans ma poche.

HENDERSON

Salut Ivy, est-ce que Rebecca est avec toi ? Elle ne répond pas.

IVY MICKELSON

Salut ! Oui, on est à la maison.

Qu'est-ce qui se passe ?

HENDERSON

Bien. Elle aura besoin de toi.

IVY MICKELSON

Quoi encore ?

HENDERSON

Dis-lui que je suis là si elle a besoin.

Je commence à taper une réponse confuse quand mon téléphone sonne. Alistair.

— On est en train de revenir, dis-je. On sera là dans cinq minutes.

— Prenez votre temps, répond-il, la voix rauque. Ça fait du bien de prendre l'air.

— Je suppose que Brodie avait quelque chose à dire ?

Il reste silencieux un moment plus long que ce qui est confortable.

— Ivy, dit-il. Ce n'est pas une bonne nouvelle.

CHAPITRE 28

Démission

ALISTAIR

Je n'ai pas accepté la démission de Brodie.

Une demi-heure après lui avoir envoyé le texto censé provenir de Noah, la lettre de démission de Brodie a atterri dans ma boîte mail, accompagnée d'une supplique me demandant de ne pas faire confiance au message de Noah.

— Expliquez-vous, ai-je exigé d'une voix tranchante. Et je suis certain de ne pas avoir à vous dire que je n'ai ni le temps ni l'énergie pour ce genre de mélodrame de la part de mon équipe.

Brodie se tortille, ajuste sa position, et remonte ses lunettes sur son nez avant de prendre une gorgée d'eau.

— Ce n'est pas du mélodrame, monsieur, la lettre est sincère. Je ne peux plus être...

— Brodie ! ai-je crié. Nom de Dieu, mon vieux. Dites-moi ce qui se passe.

Il semble au bord des larmes. Sérieusement, c'est l'enfer. Je suppose que c'est ce qui arrive quand on embauche un gamin de treize ans pour diriger son service de renseignements.

— Je vous ai déçu, dit-il. Je me suis déçu moi-même.

— Au diable tout ça. Donnez-moi les faits.

Il prend une respiration tremblante.

— Vous ne comprenez pas. Tout est de ma faute.

Je ferme les yeux un instant pour rassembler ma patience. Ce n'est pas facile.

— Vous feriez mieux de commencer à parler.

Le garçon prend une inspiration.

— Quand vous avez été capturé... quand ils vous gardaient à Koh Samui... toute mon attention était concentrée sur vous retrouver. Je ne dormais pas beaucoup parce que chaque fois que je posais ma tête sur l'oreiller, j'avais une nouvelle idée pour essayer de vous localiser, et je me remettais au travail.

— J'apprécie cela, Brodie.

— Je sais que ça va sembler comme si j'essayais de trouver des excuses, mais j'étais vraiment concentré et privé de sommeil quand Henderson m'a demandé de faire la vérification des antécédents de Noah.

— D'accord, ai-je répondu. Je vois où il veut en venir. L'anxiété réchauffe mon corps, alors j'arrache mon pull.

— La vérification des antécédents de Noah Higgs était claire. J'ai effectué un rapport complet, approfondi, comme je le fais habituellement. C'est une vérification complète de haut niveau. J'étais convaincu que Higgs ne représentait aucune menace, mais Henderson ne l'était pas.

— Henderson a un don pour ces choses. Qu'avez-vous trouvé ?

— Quand j'ai rapporté le casier vierge à Henderson, il n'était pas convaincu, alors il m'a envoyé les empreintes digitales de Noah. Il les avait sur une bouteille de champagne qu'il avait prise à Noah quand il a récupéré Ivy dans leur chambre d'hôtel en Thaïlande. Il a scanné les empreintes et me les a envoyées, mais j'étais tellement concentré sur vous retrouver que je ne les ai pas immédiatement traitées en priorité, puis j'ai oublié de les envoyer à mon laboratoire.

Les choses commencent à prendre sens ; les pièces du puzzle s'assemblent.

— Je suis tellement, tellement désolé. Je ne peux pas vous dire à quel point...

— Laissez-moi deviner, ai-je coupé. Noah Higgs avec le casier vierge ne correspond pas aux empreintes digitales.

— Correct, dit Brodie. Le vrai Noah Higgs a été retrouvé mort ce matin. Son corps a été découvert dans le coffre d'une voiture dans un box de garage à Brixton. Il y était depuis des semaines.

— Les semaines où il séduisait Rebecca Bradley.

— Il semblerait que oui.

— Et l'homme qui a volé son identité ?

— Un Londonien, avec des liens russes. *Pas* un casier vierge. Son nom est Brovic. Je n'ai pas besoin de vous dire qu'il est dangereux.

Je me frotte le visage avec les mains. J'étais assis à quelques centimètres de cet homme lors de notre soirée de fiançailles. Je lui ai permis de tenir Alex, puis de l'enlever.

— Vous comprenez maintenant pourquoi je dois

démissionner. Négligence flagrante de mes fonctions. Incompétence totale. Savoir que j'ai mis la vie de votre famille en danger est simplement...

— Brodie. Vous avez eu raison de prioriser la recherche de mes ravisseurs.

— Mais...

— Vous avez perdu votre mentor et avez été propulsé au milieu de ce bordel sans nom. Malgré le manque d'expérience et de conseils, vous avez été inestimable. Vous avez traversé cette tempête avec nous. Ne démissionnez pas, s'il vous plaît. Nous avons besoin de vous.

Brodie est surpris, tout comme moi. J'aurais mis Blackwood en pièces s'il avait commis la même erreur... en fait, je l'ai interrogé... et regardez où ça m'a mené. Plus important encore, regardez où ça a mené Blackwood. Je ressens une douleur dans mes articulations et quand je baisse les yeux, je vois que je serre le poing. Je respire et le relâche. Blackwood, Mariya Ivanov, le vrai Noah Higgs, les acteurs russes qui ont imité la famille Kuznetsov. Mon chemin vers l'enfer est pavé de ce genre de pierres tombales.

— Vous resterez, ai-je ordonné. Je vais avoir besoin de toute l'aide possible.

Brodie déglutit et hoche la tête.

— Oui, monsieur.

— Embauchez quelqu'un, lui dis-je. Quelqu'un à qui vous pourrez déléguer les tâches moins importantes, afin que nous n'ayons pas une répétition de cet incident, et que vous puissiez dormir un peu.

— Oui, monsieur. Merci, Monsieur Ravenscroft.

J'appelle Henderson pour le mettre au courant. Je lui

dis qu'il a eu une bonne intuition en récupérant cette bouteille de champagne.

— Je le savais, répond-il d'un ton sombre. Je savais que c'était un traître. Il sera traité en conséquence.

Nous convenons de nous rencontrer plus tard pour élaborer une stratégie. En attendant, je dois informer Ivy et Rebecca. Je sais qu'elle est sortie avec les chiens, alors je l'appelle pour la prévenir. *Ce ne sont pas de bonnes nouvelles*, dis-je.

Je m'assieds un moment, invoquant mon aspect le plus calme, puis je descends.

CHAPITRE 29

Piège à mouches de Vénus

IVY

Nous rentrons à la maison, les joues rouges et inquiètes. Quand Henderson et Alistair te mettent en garde, tu sais que c'est sérieux. Tout ce que j'arrive à penser, c'est que Noah est mort. Chaque fois que je regarde Becks, c'est la même boucle de pensées, encore et encore.

Noah est mort.

Noah est mort.

Noah est mort.

Mon cœur se serre pour Becks. Je sais qu'elle n'était pas follement amoureuse de ce type, mais ça va quand même lui faire très mal, sans parler du choc et du traumatisme.

Je la fais asseoir dans le fauteuil le plus confortable du salon. Je lui prépare une assiette de focaccia avec des olives et du fromage, et je lui mets la nourriture et un généreux verre de vin rouge dans les mains.

— Mange juste un peu, je l'encourage. Quelle que

soit la nouvelle qu'Alistair a pour nous, je suis presque certaine qu'il n'y a aucune chance que Becks puisse manger après l'avoir entendue.

Elle arrache un morceau de pain, ajoute du fromage, puis l'avale avec une gorgée de vin. Elle me regarde avec une expression interrogative et maussade, comme une adolescente boudeuse – *contente maintenant ?* Elle me rend l'assiette, mais pas le vin.

— Salut, dit Alistair en entrant. Il est doux. Ce sont définitivement de terribles nouvelles qui nous attendent. J'essaie de cacher le fait que je tremble, mais il doit voir à quel point je suis mal à l'aise, car il s'approche et me serre fort dans ses bras. Je respire son odeur, si réconfortante et délicieuse. La sensation de son corps musclé contre le mien ralentit ma respiration. Son cœur puissant dit au mien que nous irons bien.

Nous nous asseyons. Je m'installe aussi près de ma meilleure amie que possible sans m'asseoir sur ses genoux.

— Brodie m'a transmis des informations... troublantes, commence-t-il.

Becks et moi échangeons des regards inquiets. *Troublantes ?*

Je me rends compte que je transpire. Je prends un verre d'eau et en bois la moitié, puis passe le reste à Becks. Elle fait de même.

— L'homme que vous connaissiez sous le nom de Noah Higgs n'était pas, en fait, Noah Higgs.

—Putain, jure-t-elle. Putain !

Nous restons assises dans un silence terrible jusqu'à

ce qu'elle soit prête à poser des questions. Nous n'avons pas à attendre trop longtemps. — Qui est-il ? Bratva ?

— Son nom est Brovic. Casier judiciaire, liens avec Moscou. Donc, oui, Bratva.

Becks ferme les yeux, et tout son corps s'affaisse en se fondant dans le fauteuil. Le désespoir et l'incrédulité émanent de son corps effondré.

— C'était un agent infiltré, dit-elle. Pour t'atteindre.

— C'est apparemment le cas, répond Alistair. Je suis désolé.

J'imagine qu'elle repasse mentalement les moments clés de leur relation, mais maintenant avec le filtre de qui il était vraiment. Quel enfoiré absolu.

— Nous devrions dire au vrai Noah Higgs que son identité a été volée, dit-elle, l'air un peu verdâtre. Je me demande si je devrais chercher un seau.

Alistair se frotte le menton. — Pas nécessaire. Malheureusement.

Nous fronçons toutes les deux les sourcils, attendant une explication. — Son corps a été retrouvé ce matin.

— Bon sang, dit Becks, secouant la tête. Ils n'avaient pas besoin de tuer ce type.

Alistair hoche la tête. — Ils sont d'une brutalité méthodique, c'est certain. Pas de loose ends.

— Qu'est-ce que ça signifie ? demande Becks. Pour nous ? Pour Alex ?

— Ils ne savent pas encore que nous avons démasqué Brovic. Nous avons besoin d'une stratégie pour les attirer.

— La réunion de ce soir, dis-je. Est-ce que quelqu'un

ira à l'adresse ? Je comprends que c'est un piège, mais si nous savons que c'est un piège...

Je ne peux m'empêcher d'imaginer un piège collant à mouches de Vénus.

— Non, nous ne prendrons pas ce risque, dit Alistair.

— Mais qu'en est-il d'Alex ? je demande, avec du désespoir dans la voix. Ça pourrait être notre seule chance.

Alistair secoue la tête. — Alex ne sera pas là.

— Mais et s'il y est ?

Je pense au petit Alex, à sa peau parfaite et douce, à son gazouillement joyeux. À la façon dont il crie de joie si tu joues au clown avec lui. Je pense à lui dormant sur la poitrine de Brumilde comme si c'était la chose la plus naturelle du monde. Mes sinus me piquent avec l'envie de pleurer. Ça fait déjà vingt-quatre heures sans lui. Qui s'occupe de lui ? Va-t-il nous oublier ?

— Ils ne prendraient pas ce risque. Et même s'ils le faisaient, il n'y aurait aucun moyen pour nous de le récupérer, pas sans mettre sa vie en danger.

— Il doit y avoir un moyen, j'insiste.

Et si nous faisions appel aux autorités ? Mais je me souviens alors que génétiquement parlant, Alex appartient à Mikhail, et n'a aucune raison d'être au Royaume-Uni. Légalement parlant, nous sommes les kidnappeurs, pas Kuznetsov.

— Il y aura un moyen de récupérer Alex, assure Alistair. Mais ce n'est pas celui-ci.

Frustrée, je pince les lèvres et fixe les flammes.

— Kuznetsov a eu l'avantage depuis le premier jour.

Nous devons être plus malins que lui, ce qui est plus facile à dire qu'à faire.

— Si Noah était un agent infiltré, murmure Becks d'une voix douce. Alors qui d'autre l'est ?

— Qui d'autre ? Personne, certainement, je réponds. Noah était le seul nouveau visage. Je me tourne vers Alistair. Tu n'as pas embauché de nouvelles personnes depuis le début de ce conflit, n'est-ce pas ?

— Non, mais c'est une bonne remarque, Rebecca. Je vais demander à Brodie de passer notre liste de contacts au crible pour s'en assurer.

Ma gorge est sèche à nouveau. Je me verse du vin dans la gorge. Je ne devrais pas boire davantage. Je devrais garder les idées claires pour faire face à cette situation, mais le côté plus téméraire de moi veut boire jusqu'à l'oubli – boire jusqu'à ce que j'oublie l'anxiété constante dans ma poitrine et la douleur dans mon cœur.

— Je dois y aller, dit Becks mais elle ne se lève pas.

Nous ne mentionnons pas l'évidence : que la Bratva sait où elle habite.

— S'il te plaît, ne pars pas, je supplie. S'il te plaît, reste avec nous. Je ne supporte pas l'idée que tu sois seule ce soir. Pas après ça.

— Je préfère être seule qu'être ici, dit Becks.

Plaisante-t-elle ? Elle doit plaisanter. Mais son expression est sans joie.

— Ne dis pas ça, je cajole. Reste ici avec moi. On va se bourrer la gueule, tu te souviens ? Il y a plein de nourriture, et une chambre pour toi.

Quand elle n'accepte pas, je propose de rester avec elle à Londres. — Macavoy peut nous conduire.

Elle secoue tristement la tête. — Tu ne comprends pas. Je ne peux plus être ici, et je ne veux pas de toi dans ma maison.

Je suis confuse, et le flou de l'alcool n'aide pas. — Quoi ? Pourquoi ?

— Je t'avais prévenue que ça arriverait, Ivy. Toi, qui joues avec le feu.

Alistair prend exception. — Tu ne peux pas blâmer Ivy pour ça.

— Ne présume pas me dire ce que je peux ou ne peux pas faire, Ravenscroft. C'est toi le vortex sombre ici. Toi et ta famille. C'est toi qui a entraîné Ivy dans ce bourbier, ce putain de puits toxique de sables mouvants.

Ma bouche reste ouverte. — Becks !

— Et tu m'y as entraînée aussi, dit-elle. Même si tu connaissais les risques.

J'essaie de dire quelque chose, mais aucun mot ne sort. Ce n'est pas possible.

Prête à partir, Becks cherche son sac.

— S'il te plaît, parlons-en. S'il te plaît, ne pars pas en colère.

— Je ne suis pas en colère... pas encore. La colère viendra. Elle a l'air déçue, dégoûtée même. Pour l'instant, j'ai juste besoin de m'éloigner de toi.

— Becks ! Tu ne penses pas ce que tu dis.

— À cause de ton imprudence, je couchais avec un putain de *meurtrier*. Un agent de la mafia russe *qui sait où j'habite*.

Je suis saisie de regret. Tout mon corps se raidit, ma

peau me pique de transpiration. Ce n'est pas possible. Non, non, non.

— Tu es compréhensiblement bouleversée, et tu es dure... commence Alistair. Je vois la culpabilité dans son langage corporel. Il se blâme lui-même. Mais il ne devrait pas. Becks a raison. C'est ma faute. Tous les signaux d'alarme étaient là et je les ai simplement ignorés dans ma course folle.

— Je ne suis pas assez dure, siffle Becks. Je savais depuis le début que tu étais une mauvaise nouvelle, et regarde ce que tu as fait. Regarde-la, elle me montre du doigt. Elle est à peine reconnaissable. En quelques semaines, tu l'as complètement changée...

— Je ne l'ai *pas* changée, insiste Alistair.

— J'ai changé, j'admets. J'ai évolué vers moi-même. Je suis plus forte. Je pensais que tu apprécierais ça.

— Tu ne le vois même pas, n'est-ce pas ? demande Becks. Tu es une putain dans une cage dorée.

Je suffoque face à l'insulte qui me frappe en plein cœur.

— Sors de ma maison, gronde Alistair.

— Avec plaisir, réplique Becks.

— Non ! je crie. Nous devons arranger ça !

— Trop tard, dit Becks. Il semble que tu as choisi ton chemin, et je ne veux rien avoir à faire avec. Le crime, la tromperie, la violence. Tu le choisis pour toi-même, mais il n'est pas question que tu le choisisses pour bad. Pas encore. Tu es peut-être d'accord pour devoir regarder par-dessus ton épaule à chaque instant, mais je ne peux pas vivre comme ça.

— Tu n'étais pas obligée de venir en Thaïlande, dis-je, m'accrochant à des brindilles, essayant de transférer la terrible culpabilité qui s'installe comme du plomb dans mon estomac. C'était ta décision.

— Ah, dit Becks avec un sourire blessé. Ce n'était pas une décision, c'était de l'instinct pur. Parce que c'est ce que font les meilleures amies. Une meilleure amie est toujours là, surtout dans les moments difficiles. Et le simple fait que tu aies pensé que c'était un *choix* me fait douter de ton engagement dans notre amitié.

— Tu as raison, je m'humilie. Tu as raison. Tu es toujours, toujours là pour moi. S'il te plaît, pardonne-moi.

Je me fiche de paraître geignarde et pathétique. Tout ce que je sais, c'est que je ne peux pas perdre ma meilleure amie.

— La colère passera, et je te pardonnerai, dit Becks.

Ma poitrine se gonfle d'espoir.

— Mais tant que tu seras une Ravenscroft, nous ne pourrons pas être amies.

Un couteau s'enfonce dans mon cœur nouvellement gonflé et il se flétrit de désespoir.

CHAPITRE 30
Cerveau, Cœur, Corps

ALISTAIR

J'accompagne Rebecca Bradley de mon salon à la porte d'entrée. J'appelle Macavoy, et elle monte dans la voiture en soupirant. Notre silence glacial est réciproque. Lorsque je retourne vers la maison en foulant le gravier, j'entends Ivy sangloter, alors j'accélère le pas. Je la trouve effondrée sur le canapé, les yeux et le nez ruisselants. Je vais chercher une boîte de mouchoirs que je pose à côté d'elle, en prenant sa main. Elle semble si petite et vulnérable.

— Je suis vraiment désolé, dis-je en secouant la tête. Je suis sûr qu'elle ne pensait pas ce qu'elle disait.

Ivy se mouche et renifle. — Si, elle le pensait. Becks pense toujours ce qu'elle dit.

— C'était un choc d'apprendre pour Noah. Bien sûr qu'elle est bouleversée, mais elle va retrouver ses esprits. Il est impossible qu'elle abandonne votre amitié de plusieurs décennies.

— Tu ne la connais pas, répond Ivy. Une fois qu'elle a décidé quelque chose, c'est définitif.

— Tu as raison, je ne la connais pas bien. Mais je vous ai vues ensemble, et je ne pense pas avoir jamais vu d'amitié plus forte. Elle a juste besoin de temps.

Ivy secoue la tête d'un mouvement saccadé, le coin de ses lèvres s'abaissant tandis qu'elle essaie de ne pas pleurer. Ses yeux se remplissent à nouveau de larmes. — Je ne crois pas. Je pense que c'est fini.

Ivy sanglote à nouveau. Je l'attire sur mes genoux et lui caresse le dos pendant qu'elle pleure et suffoque. Les chiens, peu habitués à ce genre d'agitation, nous jettent des regards inquiets pendant que je laisse Ivy évacuer sa peine.

Une fois que sa respiration redevient normale, je lui fais couler un bain et l'emmène à l'étage.

Elle regarde la mousse et dit : — Je ne mérite pas ça.

— Quoi ? dis-je, plus brusquement que je ne l'aurais voulu. Bien sûr que si, Ivy. Tu mérites tout.

Elle secoue tristement la tête.

— Écoute, dis-je en la prenant par les coudes. Je comprends que Rebecca ait des réserves concernant notre relation et à ton sujet. Mais je ne tolérerai pas qu'elle te fasse sentir mal à propos de qui tu es et avec qui tu choisis de partager ta vie.

— J'ai été tellement stupide, dit-elle. À penser que je m'épanouissais, à sentir les prémices du pouvoir et comment je pourrais l'utiliser pour faire le bien. Et la confiance qui en découle...

— Non ! je l'interromps. Tu es tout sauf stupide.

— Naïve, alors. Naïve de croire que je pourrais vivre une vie comme celle-ci sans en payer le prix.

— Non. Je ne te laisserai pas parler comme ça.

— Comme quoi ? demande-t-elle. Dire la vérité sur ce que c'est ? Sur ce que nous sommes ?

— Ivy ! Non ! Si seulement tu pouvais voir ce que je vois. Je commence à la déshabiller, lui enlevant son t-shirt, puis son legging. — Tu es complète. Cerveau, cœur, corps. Je n'ai jamais pensé tomber amoureux, vraiment. Aucune autre femme ne m'a jamais fait ressentir ce que tu me fais ressentir. Ma vie était en noir et blanc et tu es un rayon de soleil, qui illumine tout, qui fait apparaître des arcs-en-ciel partout.

Elle me regarde avec des yeux fatigués. Rien de ce que je dis ne l'atteint ; elle est trop blessée pour laisser quoi que ce soit franchir la barrière de fortune qu'elle a dressée autour de son cœur. Je dégrafe son soutien-gorge et lui enlève sa culotte, puis l'aide à entrer dans le bain. Hier soir à la même heure, nous faisions la même chose, mais elle était une personne différente, alors. Elle avait encore l'espoir que tout irait bien. Nous étions encore étroitement liés, mais maintenant je la sens s'éloigner de moi. Il est temps de changer d'approche.

— Que puis-je faire pour toi ? je demande. Un massage ? Te laver les cheveux ?

— Juste un peu d'intimité, s'il te plaît, murmure-t-elle. J'aimerais être seule.

Je ressens la piqûre du rejet. — Tu ne devrais pas être seule, je la cajole doucement. Laisse-moi rester.

— Non merci, Alistair, dit-elle en détournant la tête.

Elle ira bien, me dis-je en descendant l'escalier. Elle

sera triste, bien sûr, et je ferai tout ce que je peux pour qu'elle se sente mieux. Je repense au venin de Rebecca et ma colère s'enflamme. De quel droit est-elle venue dans ma maison pour parler à Ivy de cette façon ? J'ai bien contenu ma fureur, je pense, mais maintenant elle monte en moi, cherchant une issue. Elle a traité Ivy de prostituée dans une cage dorée. Rien que d'y penser, mes poings me démangent.

Que sait Rebecca Bradley de quoi que ce soit ? Elle est tellement occupée à jouer les vertueuses qu'elle a perdu toute empathie. Je pose brutalement un verre en cristal sur le comptoir en marbre et y ajoute un glaçon et deux doigts du whisky le plus cher que je possède. Je peux presque entendre Rebecca dire : « Sympa ! Tu pourrais nourrir une famille de cinq personnes avec ce que coûte ce petit verre ».

Je soupire profondément. C'est inutile. Ce n'est pas vraiment contre elle que je suis en colère, bien qu'elle soit un bouc émissaire plutôt pratique. C'est le fait qu'Alex ait disparu et qu'Ivy soit désespérée. Ariana est une énigme ; la petite sœur que j'adorais tant semble avoir disparu pour toujours. Brumilde est bouleversée. Putain, pour être tout à fait honnête, je ne gère pas bien cette situation non plus. Je prends une grande gorgée de ma boisson et savoure la brûlure dans ma gorge.

On dirait que chaque fois que je m'engage à assainir l'entreprise familiale, quelque chose se produit pour me forcer la main, et nous finissons par plonger plus profondément dans les abîmes troubles dont j'essayais précisément de m'échapper. Encore une gorgée, puis une autre. La glace tinte dans le verre vide, me provoquant à en reprendre. Je n'aime pas être ivre ; je préfère garder le contrôle. Je rince le verre sous le robinet et le place sur l'égouttoir ; le dîner pour une famille de cinq qui bouillonne dans mon estomac.

Je dois arranger ça. Je dois récupérer Alex et protéger ma famille. Non, plus que ça. Je dois rendre ma famille en sécurité pour ne plus avoir à la protéger. Et la seule façon d'y parvenir est d'éventrer Mikhail Kuznetsov et tous ceux qui lui sont associés.

CHAPITRE 31
Sombrero sexy

IVY

Un engourdissement s'est emparé de moi, ce qui est un soulagement, car ne rien ressentir est bien préférable à la douleur qui me torturait. J'ai déjà connu cette phase du deuil, cette sensation d'insensibilité qui survient après le choc mais avant que la vraie douleur ne frappe. Je dois en profiter pleinement — ce calme avant la tempête — ou plutôt, ce répit entre deux tempêtes, car ma dispute avec Becks était certainement un véritable déluge, et je sais que je n'en ai pas encore ressenti tout le poids.

Peut-être que je n'aurais pas à en ressentir tout le poids, me souffle mon optimisme. Peut-être que je n'ai pas perdu Becks pour toujours, même si j'en ai l'impression. Peut-être que nous traverserons cette période difficile, et qu'ensuite tout ira bien. C'est comme ça que fonctionnent la plupart des relations solides, non ? On se dispute, puis on se réconcilie.

Entre déni et optimisme téméraire, je me permets de

prétendre que tout va s'arranger. Je n'ai pas d'autre choix, car je ne veux pas vivre une vie qui n'inclut pas le petit Alex et ma meilleure amie.

Tout finit toujours par s'arranger, je me dis. Que dit-on déjà ? Si ce n'est pas bien, c'est que ce n'est pas la fin. Probablement pas le dicton le plus vrai qui existe, mais c'est réconfortant, pour le moment. La dure vérité peut attendre que je me sente moins vidée.

J'entends des pas dans le couloir. Je me sens mal d'avoir demandé à Alistair de partir. Il n'a été que merveilleux avec moi.

Quand je le vois à la porte, j'essaie de sourire. Je pense que ça sort de travers, à en juger par son regard compatissant.

— Pauvre petite, dit-il. Je suis vraiment désolé.

Il lève les mains. — J'ai apporté des friandises !

Je n'avais même pas remarqué qu'il tenait quelque chose. Une bouteille sophistiquée à thème mexicain de liquide transparent dans une main, et une boîte de chocolats dans l'autre.

— Tequila et chocolat ? je demande, ma voix rauque d'avoir pleuré.

— Ceci, ma dame, n'est pas une tequila ordinaire. Les chocolats, en revanche, sont plutôt ordinaires. Désolé. Je les ai trouvés dans le garde-manger. Je pense que c'est la réserve secrète de Brumilde.

— Donc maintenant tu es à la fois un voleur *et* un snob du chocolat, je réponds.

— Je ne suis pas sûr que ces trucs puissent même être qualifiés de chocolat au sens strict. Probablement juste un amalgame d'huile de palme et de saccharose avec une légère couche de poudre de cacao bon marché et possiblement non comestible. Et la date d'expiration semble avoir été effacée, donc ça pourrait être considéré comme vintage. Enfin bref, tu as raison. Qui sommes-nous pour juger le chocolat ?

Cette fois, je souris vraiment. — Je peux honnête-ment dire que je n'ai jamais jugé un chocolat de ma vie.

— Ça, Ivy Mickelson, c'est l'une des raisons pour lesquelles je t'aime.

Je ris doucement. — Vraiment ?

— Oui, dit-il. Tous ceux que je connais, et tous ceux que je rencontre, semblent être complètement pleins de conneries. Mais pas toi.

— Tu n'as simplement pas encore vu cette partie de moi.

Alistair sourit. — Tu ne peux pas me tromper.

Mon cœur s'allège un peu, et je force un sourire en essayant de jouer le jeu. — Alors le thème de ce soir... mexicain ? Tu as des tenues TexMex coquines ? Un sombrero sexy, peut-être ?

— J'ai bien peur que non. Je ne pensais pas que tu approuverais l'appropriation culturelle.

Je souris d'un air narquois. — Mais Catwoman, ça passe ?

— Aucun sentiment de chat n'a été blessé pendant la production.

— Eh bien, dieu merci pour ça !

— En effet, dit Alistair. Il examine de plus près la boîte de chocolats, fronçant les sourcils avec dégoût, puis la jette à la poubelle.

— Alistair ! je le gronde. Tu ne peux pas jeter les chocolats de Brumilde.

— À en juger par leur nature... vintage, je soupçonne qu'ils aient pu appartenir à la grand-mère de Brumilde.

— Quand même.

— Je veillerai à les remplacer par quelque chose de plus... comestible.

— Peut-être qu'elle les gardait pour une occasion spéciale, dis-je.

— Pauvre femme. Deux cent cinquante-trois ans, c'est long pour attendre une occasion spéciale.

Je ris doucement.

Le regard d'Alistair se pose sur moi. — La voilà.

— Quoi ? je demande, en regardant autour. — Le fantôme de la grand-mère de Brumilde ?

Il ne rit pas. — Non, toi. Tu es de retour. La lumière dans tes yeux.

Je m'appuie contre la baignoire, le regardant, sans savoir quoi répondre. Si j'étais honnête, je dirais *ne t'habitue pas à la lumière. C'est le calme entre les tempêtes. Je serai un vrai désastre demain. Tu devras me ramasser à la petite cuillère.*

Je garde le silence, lui épargnant le drame – pour l'instant.

Je fais tournoyer l'eau chaude autour de mon corps, puis je lève à nouveau les yeux vers lui. — Comment vas-tu me baiser ce soir ?

S'il est surpris par ma franchise, il n'en montre rien. Son expression est pensive. — Ça dépend de ce dont tu as envie.

De quoi ai-je envie ? Je cherche un sexe si bon que

j'en oublierai tout le reste. Une baise qui m'expédiera dans l'oubli. Un orgasme si intense que j'ai l'impression de mourir. J'ai besoin d'être propulsée dans l'espace où mon chagrin ne peut pas m'atteindre, où les ruptures d'amitié n'existent pas – et pas non plus les beaux bébés potelés comme Alex. Je veux la version héroïne de la baise, où tout ton corps n'est que chaleur, bourdonnement, explosion de plaisir et ton cerveau ne peut rien traiter d'autre.

— Je veux oublier qui je suis, je réponds.

— Non, il fronce les sourcils. — Jamais.

— C'est ce dont j'ai besoin, j'insiste. — Je veux disparaître. Je veux sortir de l'existence. Juste jusqu'à ce que la douleur diminue.

Alistair s'approche et me caresse les cheveux d'un toucher léger comme une plume. — Je ne te laisserai pas disparaître. Mais je ferai ce que je peux pour atténuer ta douleur.

Je sens les larmes monter, et ma gorge me fait mal. — Prenons un peu de cette tequila alors.

CHAPITRE 32
Swipe à droite

ALISTAIR

Je dévisse le bouchon de la bouteille et la tends à Ivy.

— Toi d'abord, dit-elle. Elle est pâle malgré la chaleur du bain, et ne devrait probablement pas boire plus d'alcool, mais je comprends pourquoi elle en ressent le besoin. N'importe quoi pour atténuer cette douleur récente. Bon sang, j'ai autant besoin de cette tequila qu'elle. Au moins, ça devrait rendre la soirée intéressante.

Je prends une gorgée. C'est fort mais doux, et rempli de saveur.

— Je n'aurais jamais pensé voir ça. Alistair Ravenscroft buvant de la tequila à même la bouteille.

— Pour ma défense, c'est de la tequila très coûteuse, je réponds.

— Ça te rend moins sauvage, dit-elle d'un ton neutre.

Je lève la bouteille. — À ton tour.

Je pensais qu'elle prendrait la bouteille de mes mains, mais elle reste où elle est, adossée contre la pente de la baignoire, et ouvre la bouche. C'est la même position qu'elle prend quand elle veut ma queue dans sa bouche.

— Qui est le sauvage maintenant ? je la taquine.

— Tu n'as encore rien vu, répond-elle.

Je m'agenouille à côté d'elle. — Je ne veux pas que tu t'étouffes.

Elle hausse les épaules. — Pas une si mauvaise façon de partir. Noyée dans une tequila ridiculement chère. Plutôt séduisant, en fait.

— Arrête avec cet humour macabre. Je t'aime trop pour rire de blagues qui impliquent ta disparition.

— C'est toi qui as apporté une bouteille en forme de crâne dans la salle de bain.

J'incline la tête et acquiesce. — C'est vrai. Prête ?

Ivy ouvre à nouveau la bouche. Ma queue gonfle dans mon boxer, et je dois me réajuster. Cela n'échappe pas à l'attention d'Ivy, et il y a une lueur de malice dans ses yeux.

— Ne t'étouffe pas, je dis fermement. Je porte la bouteille à ses lèvres et verse une petite quantité, certain que cela va la faire crachoter, mais ce n'est pas le cas. Elle l'avale, se lèche les lèvres et me regarde. — Maintenant embrasse-moi.

Je me penche en avant et pose ma bouche sur la sienne – douce et épicée avec le goût de la tequila – et nous nous embrassons pendant une bonne minute.

— Encore, dit-elle. Je m'apprête à verser, mais elle dit : — Toi d'abord. Je prends donc une gorgée puis verse davantage dans sa bouche. Nous nous embrassons à nouveau.

— Je pourrais faire ça toute la nuit, dit-elle. Continuons jusqu'à ce que la bouteille soit vide.

Je ris et secoue la tête. — Pas question. Je ne te serais d'aucune utilité si je suis ivre.

— D'accord, répond Ivy. Alors je vais tout boire, et tu pourras profiter de moi.

Je change de position pour soulager la pression sur mes genoux. — J'adorerais profiter de toi.

— Vraiment ? Moi aussi. Peut-être que je vais simplement m'évanouir, et tu pourras faire tout ce que tu veux de moi.

— Ça n'a pas l'air très amusant.

— Non ? demande-t-elle. Je trouve ça plutôt excitant.

— Quel intérêt si tu n'es pas consciente pour en profiter ?

— Je serais *un peu* consciente, dit-elle.

— C'est un kink, je dis. Tu le savais ?

Ses yeux s'écarquillent. — Baiser des personnes inconscientes ?

— Oui, bien que ça fonctionne dans les deux sens.

Ivy fronce les sourcils. — Comment ? Si une personne est inconsciente ?

— Certaines personnes ont un kink pour baiser des personnes inconscientes, et d'autres ont un kink pour être baisées quand elles sont presque inconscientes.

— Bizarre, dit-elle. Fascinant, mais bizarre.

— Hey, je la taquine. Ne critique pas ce qui plaît aux autres.

Elle éclate de rire. — Tu n'as pas vraiment dit ça. Qu'est-ce que tu as lu, des magazines pour adolescentes ?

— Entendu dans un podcast, je réponds.

Elle rit toujours. — Mais bien sûr.

— Ça ne m'attire pas particulièrement, mais on peut essayer si tu trouves ça excitant. Je serais partant.

— Vraiment ? demande-t-elle, en y réfléchissant.

— Je ferais n'importe quoi pour toi, et *à* toi. Tout ce que tu veux essayer, je suis là. D'ailleurs, ce n'est pas vraiment un sacrifice. Te baiser est toujours un plaisir pour moi.

— Tu n'aurais pas à t'inquiéter de mon plaisir, ou de mon orgasme. Tu pourrais juste m'utiliser. C'est excitant.

— Ton plaisir est ma seule priorité. Si c'est uniquement pour moi, ça perd de son intérêt.

Je vois qu'elle continue de réfléchir à cette idée. — C'est vraiment un kink ? Comment ça s'appelle ?

— Somnophilie – c'est pour la personne active. Et paraphilie pour celle qui dort.

— Oh. Quelles sont les chances qu'ils se rencontrent ? Probablement proches de zéro.

— Il y a des applications, je dis.

Sa bouche s'ouvre grand. Ma queue s'impatiente en regardant ces belles lèvres.

Elle est scandalisée. — Pas possible. Des applications pour la *somnophilie* ?

— Des applications pour les kinks. Comme une application de rencontres, mais tu matches selon tes kinks.

— Swipe à droite pour le sexe pendant le sommeil, dit-elle.

Je souris. — Oui, je suppose. Très pratique, j'imagine.

— Je dois m'inscrire. J'apprendrai tellement de choses. Pourquoi me le dis-tu seulement maintenant ?

— Parce que je ne savais pas que tu étais une troglodyte en matière d'applications de rencontres.

— Eh bien, je le suis. Clairement. Ignorante en matière de kinks *et* de technologie. Mais je suis super motivée pour explorer les deux.

— C'est un kink assez rare, donc je ne t'en tiendrai pas rigueur. Et je ne suis pas mécontent que tu n'aies pas beaucoup d'expérience avec les applications de rencontres. Je déteste t'imaginer avec quelqu'un d'autre que moi.

— Parle-moi d'un autre kink rare. Je suis captivée.

Cette conversation inhabituelle a rendu Ivy plus animée et a mis de la couleur sur ses joues. — Mmm, dis-je en réfléchissant. Je prends une autre gorgée de tequila et verse encore dans la bouche d'Ivy. — Eh bien, je peux en penser un que tu désapprouveras certainement.

— Oh, super, répond-elle. Ça devient intéressant.

— Tu as déjà entendu parler du dub-con ?

— Comme Comic Con ?

Je ris. — Non. Mais les fans de comics ont leurs propres kinks. C'est un énorme marché. Imagine tout ce latex et ces perruques.

— Je vais absolument chercher ça sur Google quand mes mains seront sèches.

— Dub-con est l'abréviation de dubious consent, consentement douteux.

— C'est presque un oxymore, non ?

— Je suis d'accord, ça manque de clarté. Et puis il y a aussi le non-con, qui ne manque pas de clarté, mais qui est certainement tabou.

— Non-consentement ? Sûrement c'est juste –

— Je tiens à être clair. Ce ne sont pas mes kinks.

— D'accord, dit-elle. Mais ça existe.

— Ça existe.

Elle plisse le visage. — Comment, alors ?

— Nous avons tous nos trucs. Apparemment, l'excitation vient du fait que l'agresseur est tellement excité qu'il ne peut pas se contrôler. Ça peut être calme, comme simplement ignorer un doux « non », ou brutal et effrayant, ou n'importe quoi entre les deux.

— Honnêtement, ça semble être une très mauvaise idée.

— Je suis d'accord. Mais tu voulais savoir.

— Je voulais savoir. Je *veux* savoir. J'adore apprendre tout ce qui est lié au sexe. Tu crois que je suis sur le point de devenir nymphomane ?

Je ris doucement. — Seulement dans mes rêves.

Elle me fait un sourire malicieux. — C'est ce qu'a dit le paraphilique.

CHAPITRE 33
Humeur Tequila

IVY

Alistair se lève, et j'aperçois la bosse de son érection. Il me tend la main. — Sortons-toi de ce bain avant que tu n'attrapes froid.

Il attrape une serviette et m'enveloppe dedans, séchant ma peau et embrassant ma clavicule. Je suis contente qu'il soit là pour me soutenir, car la tequila m'est montée directement à la tête.

— Je ne me lasserai jamais de ce corps, dit-il en respirant mon cou.

— Même quand j'aurai quatre-vingts ans ?

— Je l'aimerai encore plus, parce qu'il sera le témoin de notre histoire.

— J'entends la tequila qui parle. Mais continue. Je regarde ostensiblement la bosse dans son pantalon.

— Hmm, grogne-t-il. Où est mon sombrero quand j'en ai besoin ?

— Pas besoin de sombrero, dis-je en lui prenant la bouteille et en buvant une gorgée.

— Exactement combien as-tu bu ?

Je fais semblant d'être blessée et offensée. — Tu me juges ?

— Certainement pas. Je me demande juste si je devrais t'arrêter avant que tu n'acceptes quelque chose que tu regretteras.

— Oh, dis-je. Faisons ça.

— Quoi ?

— Quelque chose que je regretterai.

Alistair rit. — Allez. Sortons de cette pièce. Trop de carrelage glissant et d'objets durs. Tu seras plus en sécurité dans mon lit.

— Le lit du donjon, dis-je.

— Si tu veux.

— Je veux, je réponds. Tellement puéril. Mais ça m'est égal. Il y a une certaine béatitude sourde qui accompagne l'effet engourdissant de l'alcool, et je l'embrasse pleinement.

Sans prévenir, Alistair me soulève comme si j'étais sa mariée. Il prend soin de ne pas cogner ma tête contre le cadre de la porte alors que nous nous dirigeons vers la chambre.

— Passage du seuil, je marmonne.

— Qu'est-ce que tu as dit ?

— Passage du seuil, je répète. De la salle de bain propre au donjon sale.

— Hé, c'est mon donjon que tu insultes.

— Je ne savais pas qu'il avait des sentiments. Désolée, donjon.

— Maintenant tu t'excuses auprès d'un objet inanimé. Tu es une horrible ivrogne.

— Je fais ça tout le temps. J'avais une imprimante d'occasion qui ne fonctionnait que si je la complimentais généreusement avant *et* après.

Alistair rit et me jette sur le lit, les draps de soie encore froissés de la nuit précédente. Qu'avions-nous fait ? Ah, je me souviens. La combinaison de chat. Je me souviens de la « chatière » et commence à rire hystériquement. — Et que le compte rendu indique que je ne suis pas une horrible ivrogne. Je suis une brillante ivrogne. Drôle et affectueuse.

— Affectueuse, oui, Alistair sourit narquoisement.

Je frappe son épaule. — Grossier.

— J'adore cette humeur, dit-il. Humeur tequila. Fougueuse.

Fougueuse, oui. Fiesta fougueuse. — Où est la musique mexicaine ? Ou n'avons-nous pas le droit de l'écouter à cause de *l'appropriation culturelle.*

— Je suis sûr qu'on peut arranger de la musique, dit-il en prenant son téléphone. Une minute plus tard, une superbe chanson aux sonorités ethniques résonne depuis les enceintes cachées.

— Excellent, dis-je en enlevant ma serviette et en la jetant à travers la pièce. — Excellent choix.

J'adore l'expression amusée sur le visage d'Alistair. Il aime quand je suis ivre. Moi aussi. Ça rend tout tellement plus facile. Pas de douleur, juste du plaisir. Ivre et nue.

— J'aimerais avoir ces trucs, comment ça s'appelle, les cliquetis pour les mains.

— Les castagnettes ?

— Oui ! Oui, Alistair. Les castagnettes. Tu es si intelligent. Tu sais tout. J'aimerais en avoir.

— Tu sais en jouer ?

— Pff. À quel point ça peut être difficile ?

Il rit et secoue la tête. — Incorrigible.

— *Tu es* incorrigible, je réponds, en prenant une autre gorgée. — Pourquoi portes-tu encore tes vêtements ? C'est une tequila très douce. Très douce.

Ma bague de fiançailles attire mon regard. — Tu sais que je ne l'ai pas encore dit à mes parents ?

— À propos de ton désir de toujours de jouer des castagnettes ?

Je glousse. — À propos de nos FIANÇAILLES. Tu peux croire qu'on est fiancés ? C'est un peu dingue, non ?

— J'ai demandé la permission à ton père, alors tu ferais mieux de te dépêcher de leur dire.

Je porte ma main à ma poitrine. — Quoi ? Sérieusement ? Je dois les appeler tout de suite. Ils attendent probablement près du téléphone !

— Euh, dit-il. Ce n'est probablement pas une bonne idée. Il est tard et tu es... eh bien, tu n'es pas toi-même. De plus, personne n'attend près du téléphone depuis les années 90.

— Mais je suis moi-même ! Je suis totalement moi-même. C'est la vraie moi. La moi mexicaine. Mangeons des nachos. Tu as des nachos ?

— Pas à ma connaissance.

— Des tacos, alors. C'est mardi ?

— C'est jeudi.

— C'est vraiment dommage, Alistair Ravenscroft. Vraiment dommage.

Il me sourit, amusé mais légèrement incertain, comme si je pouvais contenir un engin explosif. Comme si j'étais quelque chose à manipuler avec précaution sous peine que quelque chose de grave se produise. Une nouvelle chanson commence, et je hoche la tête au rythme. — C'est une super chanson. On devrait allumer un feu et danser.

— Allumer un feu et danser ?

— Encore mieux : de la danse interprétative ! Ce sera tellement amusant.

— Non, ça ne le sera pas.

— Quel rabat-joie, M. Ravenscroft.

Il sourit d'un air narquois. — Bientôt je pourrai t'appeler Mme Ravenscroft. Ne sera-ce pas amusant ?

— Je pense que nous avons peut-être des idées différentes de ce qu'est l'amusement.

Il avance rapidement et saisit ma taille. — C'est là que tu te trompes. Je trouve que nous sommes tout à fait sur la même longueur d'onde quand il s'agit de... profiter de la compagnie de l'autre.

— Mmm, je fredonne, posant ma joue sur sa poitrine. — J'adore quand tu parles affaires.

— Il y en a plus d'où ça vient. Voudrais-tu qu'on fasse le point ?

— Mmm. Des mots d'entreprise murmurés sur l'oreiller. Chaud. Je ris à nouveau, me trouvant hilarante.

— Tu racontes vraiment n'importe quoi.

— Et tu n'es toujours pas nu. Je vais commencer à le prendre personnellement.

— On ne veut pas ça, dit-il, en repoussant une mèche de cheveux de mon visage. Je suppose que mes cheveux sont un peu sauvages, mais je m'en fiche. Je ne me soucie de rien en ce moment sauf de la queue dure d'Alistair.

— Je veux ta queue, dis-je. — Je la veux partout. Soudainement, l'image de Freya me vient à l'esprit. — Tu as le numéro de Freya ? Appelons-la.

Alistair sourit, secouant la tête. — Non, désolé. Je peux organiser pour t'emmener à une soirée de jeu, si tu veux.

— Oui ! Allons-y ! Qu'est-ce qu'on attend ?

— Il n'y a pas de fête ce soir, mais je réserverai pour la prochaine.

— Zut, je réponds. — Je suis d'humeur kinky.

Les yeux d'Alistair sont comme des lasers, sa voix comme du gravier. — Nous n'avons pas besoin de Freya, ni d'une soirée de jeu, pour ça.

Un frisson parcourt mon corps. — Oh. Qu'as-tu en tête ?

— Tout ce que tu veux, grogne-t-il. — Tes désirs sont des ordres.

CHAPITRE 34
Face Melt

ALISTAIR

J'enlève mes vêtements sans quitter Ivy des yeux. Elle est comme une pile électrique ce soir. Note pour plus tard : à l'avenir, la tequila doit être employée avec précaution. Malgré tout, je suis certain que nous allons passer une bonne nuit tous les deux.

— Voilà qui est mieux, dit-elle, son regard parcourant avidement mon corps nu.

— Le temps des paroles est terminé, je réponds. Trop de mots, pas assez d'action.

— Oui, monsieur, dit-elle en me saluant. Ivy Mickelson au rapport pour l'action, monsieur.

Je secoue la tête. Elle se croit si drôle. J'essaie de cacher mon sourire – ne voulant pas lui donner cette satisfaction, ne voulant pas l'encourager.

Elle prend une autre gorgée de tequila puis me tend la bouteille. Ça ne peut que mal finir. J'en prends une rasade puis cherche un endroit où cacher la bouteille, mais elle a un coup d'avance et sa main est déjà tendue, réclamant son bien.

— Je ne te dis pas non, dis-je prudemment. Parce que tu es une adulte et que tu prends tes propres décisions. Cependant, je ne te recommande pas de boire davantage ce soir.

— Rabat-joie !

— On s'amuse déjà. Boire plus maintenant ne rendra pas les choses plus amusantes, ça te fera juste te sentir mal demain.

— Bien sûr que si, ça sera plus amusant ! crie-t-elle. Surtout si on danse !

Je lui lance un regard significatif pour qu'elle me prenne au sérieux. — Tu vas te détester demain.

— Je me détesterai demain de toute façon. C'est toi qui es piégé !

Je vais éviter d'approfondir cette discussion particulière car elle est truffée de mines émotionnelles. J'aurais dû raccompagner Rebecca Bradley hors de la maison bien plus tôt – peut-être n'aurait-elle pas causé autant de dégâts. En attendant, je devrais probablement vider la tequila dans l'évier quand elle ne regardera pas.

— J'ai assez d'amour pour toi pour nous deux, dis-je.

Quand elle fait des gestes pour attraper la bouteille, je la mets derrière mon dos. — Tu ne te souviens pas quand on a parlé des unités de satisfaction ?

— Oui, d'accord. Mes unités sont mortes. Plus de tequila, soupire-t-elle. Tu as quelque chose de plus fort ?

Je scrute son regard, cherchant une voie d'accès au-delà de sa bravade alimentée par l'alcool. J'embrasse son cou et caresse son dos. — Par quoi veux-tu qu'on commence ? Quelque chose en particulier qui te ferait plaisir ?

— Oui. Je veux être complètement défoncée, dit-elle.

— Tu fais déjà de bons progrès dans cette direction, je réponds.

— Même pas proche, dit-elle d'une voix traînante. Je peux encore sentir ma peau.

— C'est une bonne chose, Ivy.

— Non. Je ne veux rien ressentir. Je veux être complètement engourdie. Je veux que mon visage fonde. L'oubli total. Aussi proche de la mort que possible.

Je prends son visage entre mes mains. — Je sais que c'est difficile en ce moment, mais ça ne sera pas toujours comme ça. Laisse-moi te faire du bien.

— Je ne veux rien ressentir.

— Peut-être que je peux changer ça. Je l'embrasse, doucement d'abord, puis avec plus de force, ouvrant ses lèvres et la sondant lentement, profondément. Son corps réagit immédiatement, se pressant contre le mien. Notre peau semble chaude là où nous nous touchons, presque brûlante. Ivy dégage une énergie téméraire, maniaque, que je dois stabiliser. Je dois lui faire sentir qu'elle est en sécurité.

Je nous allonge tous les deux et continue de l'embrasser, de la caresser, essayant d'apprivoiser l'animal autodestructeur en elle. Si elle essaie d'attraper la bouteille à nouveau, je donnerai à ses mains et à sa bouche quelque chose de mieux à faire.

Ivy se tortille, comme si elle ne pouvait pas rester immobile, même si elle essayait. Je change la musique pour quelque chose de plus calme et passe mes mains sur ses hanches, son dos, sa nuque. — Ferme simplement les yeux, écoute la musique et concentre-toi sur mon toucher.

Je m'attends à une remarque insolente, mais elle obéit. Après quelques minutes, elle semble se détendre, et je suis soulagé. Une fois que je sais qu'elle est calme, je me risque à atteindre l'huile et commence un massage lent, sensuel et ferme. J'essaie d'enfoncer mes doigts dans chaque muscle, relâchant la tension dans tous ses membres.

— Tellement bon, murmure-t-elle.

Je ferai ça pendant des jours si ça lui fait du bien. — Tu n'as pas à penser à quoi que ce soit, à faire quoi que ce soit. Je vais juste te faire du bien.

— Tu es si bon pour moi. Ses mots sont légèrement pâteux – probablement une combinaison de l'alcool dans son sang et de sa joue écrasée contre l'oreiller.

— Tu le mérites, dis-je. D'ailleurs, c'est ma chose préférée à faire.

— J'ai tellement de chance, dit-elle doucement, comme si elle était sur le point de s'endormir. J'envisage de la laisser dormir, mais je conclus rapidement qu'une bonne session sera plus thérapeutique que simplement perdre connaissance. Ses yeux sont fermés, sa respiration ralentit. Je vais devoir faire quelque chose à ce sujet. Je la retourne, et elle rit ; un visage si coquin et si joli.

— Salut, beau gosse.

— Eh bien, bonjour, je réponds. Prête à te faire défoncer ?

Ivy sourit, les yeux pétillants. — Je suis plus que prête.

CHAPITRE 35
Ambiance de fête

IVY

Whoah. J'ai beaucoup trop bu. Le lit tourne — ou est-ce le plafond ? — et je ne sens plus mes pieds.

— Je ne sens plus mes pieds, dis-je.

— Je vais arranger ça, répond Alistair, l'air particulièrement musclé et séduisant. Il prend mes pieds et commence à les masser avec l'huile.

— Tu es tellement sexy, putain, dis-je, avant de glousser comme une écolière.

Ignorant mon chaos intérieur et mes pitreries enfantines, Alistair se concentre sur le massage tandis qu'il remonte lentement le long de mes jambes.

— J'adore quand tu me touches, dis-je d'une voix pâteuse.

— J'adore te toucher, répond-il.

— J'aimerais qu'il n'y ait que nous au monde. Personne d'autre. On serait tellement heureux.

— Je suis heureux avec toi, Ivy, murmure-t-il. Je n'ai jamais été aussi heureux.

Je ne réponds pas ; je ne vois pas l'intérêt de l'entraîner dans mon drame, dans cette certitude que ma vie s'effondre. Je sens mon ambiance festive s'estomper, alors je repousse mes sentiments. On ne va pas se morfondre maintenant. On va oublier la douleur et s'amuser.

Sans prévenir, Alistair a un vibromasseur rabbit rose fluo dans la main. Il l'enduit de lubrifiant et me sourit. Ambiance de fête ! Je lui souris en retour.

Il commence à le faire glisser lentement le long de mes cuisses intérieures. Le reste de mon corps disparaît — il ne reste que mes cuisses et mon bassin — et je n'en demande pas plus. Puis, progressivement, il s'approche de ma chatte, si lentement que je suis presque sur le point de le lui arracher des mains, tellement je suis désespérée de l'avoir en moi. Alistair caresse mes lèvres avec le manche vibrant et glissant, de haut en bas, tout autour. La sensation est incroyable. Je veux qu'il continue, mais je suis tellement excitée ! J'ai besoin d'avoir quelque chose en moi.

— J'ai besoin de ta queue en moi, dis-je. Je veux que tu me baises fort.

— Patience, jeune sauterelle, répond Alistair.

Je me mets à glousser sans retenue. — Tu viens vraiment de me citer Yoda en plein milieu d'une partie de jambes en l'air ?

Je suis submergée par l'immense hilarité de la situation, et je perds le contrôle de mon rire et me sens complètement folle.

— Ce n'est pas Yoda, répond Alistair d'un ton neutre. Mais te baiser, je vais.

Oh mon Dieu, je suis vraiment une idiote. Je n'arrive

pas à m'arrêter de rire même en sachant que ce n'est pas si drôle. J'ai même envie de dire *Ce n'est pas si drôle*, mais je n'y arrive pas parce que je suis hystérique de gloussements.

Alistair sourit de mes singeries. — Respire, m'encourage-t-il, sa main chaude sur mon sternum. Il inspire profondément par le nez, essayant de me faire respirer avec lui. Je n'y arrive pas au début, mais je commence à me calmer. Sa main me ramène à la réalité. Nous respirons ensemble pendant un moment, jusqu'à ce que mon corps cesse de trembler de rire.

— D'accord, dis-je en souriant, soulagée. Je crois que ça va maintenant. Ne dis rien qui pourrait être même vaguement drôle.

— Oui, madame, répond-il. Je vais trouver un meilleur usage pour ma bouche. Il me passe le vibromasseur bourdonnant et descend sur moi. Il est si chaud et délicieux que je ne bouge pas pendant un moment, savourant simplement la sensation. Quand je me rends compte que je tiens toujours le jouet, je m'en sers sur mes tétons tout en jouant avec ses cheveux.

Avoir la tête qui tourne pendant qu'on me fait un cunnilingus est presque une expérience psychédélique ; plaisir et incertitude mêlés. Je n'arrive pas vraiment à retrouver mes repères, puis Alistair me lèche d'une certaine manière et désoriente encore plus mon corps jusqu'à ce que tout ne soit plus qu'un tourbillon de sensations. Tétons, clitoris, confusion, tequila, lèvres, vertige. Je suis une flaque d'eau chaude, ondulante.

Au moins, j'ai arrêté de rire.

Les événements de la journée commencent à s'infiltrer dans mon esprit, mais je les repousse. Mes pensées sont éparpillées ; je ne pense pas avoir assez de concentration pour jouir.

— Reste avec moi, dit Alistair.

— Oui, je réponds alors qu'il me serre la main. Je suis avec toi. Je me concentre sur son corps, sur sa beauté. Sur sa force et sa masculinité, sur sa putain de beauté. Il se redresse et plie mon genou pour pouvoir s'asseoir tout près. Il prend ma main qui tient le vibromasseur et la descend vers ma chatte, puis il enfonce deux doigts en moi. Je halète. Ça a certainement captivé mon attention.

— C'est mieux, grogne-t-il.

— Oui, je murmure. Oui, c'est tellement bon.

Alistair gémit et enfonce ses doigts plus profondément. — Depuis quand es-tu si mouillée ?

— Depuis le moment où je t'ai rencontré, je réponds. Je suis mouillée depuis.

Il grogne à nouveau, puis commence à appuyer sur mon point G. C'est une sensation si intense que je m'exclame de surprise et de plaisir. — Putain !

— Tu aimes ça ?

— J'aime tout, dis-je. Tout ce qu'il m'a jamais fait, tout ce qu'il me fera jamais. Si ma chatte était un emoji, ce serait celui avec le sourire et les yeux en cœur. C'est peut-être l'alcool qui parle, mais ça n'en est pas moins vrai.

— Ivy, murmure Alistair, prenant mon menton dans son autre main. Tu t'échappes encore.

— Oui, désolée. Je ressens l'ombre subtile de la culpabilité.

— Je veux que tu restes avec moi maintenant.

— Oui, monsieur. Je vais me concentrer maintenant, me concentrer sur ses doigts magiques en moi, sur son souffle chaud parfumé à la tequila dans mon cou, sa main sur mon visage. C'est tout ce dont j'ai besoin.

Alistair bouge ses doigts plus vite, et la combinaison de cela avec le bourdonnement sur mes lèvres et mon clitoris est puissante. Je gémis alors qu'il va plus fort, mon corps se recroquevillant avec la tension pré-orgasmique.

Le plaisir arrive par petites vagues basses, comme une marée montante. — Ahhhh, putain.

— Les yeux sur moi, dit Alistair, envoyant un frisson jusqu'à ma chatte.

J'obéis. Ma mâchoire est relâchée ; il resserre sa prise dessus. Il a le contrôle total. Les vagues deviennent plus grandes.

Je grogne.

— Oui ? demande-t-il.

J'acquiesce. — Oui, oui, oui.

Sa prise sur mon visage est forte, presque trop forte, mais j'en veux plus. Je veux être complètement dominée. Je veux qu'il me fasse mal.

— Plus, je supplie. Je veux des bleus. Plus de tout.

CHAPITRE 36

L'égérie des amants brisés

ALISTAIR

Je suis tellement excité que c'en est presque insupportable.

C'est mal.

Mais la voir si vulnérable, si désespérée... putain, ma queue n'a jamais été aussi dure.

Ça me dérange sur le plan intellectuel, mais à ce niveau primaire, mon désir est presque trop intense à gérer. J'essaie de ne pas trop réfléchir à mes sentiments contradictoires — j'aurai tout le temps pour ça plus tard. Mais je ne peux m'empêcher de réaliser que je veux qu'Ivy soit forte dans la vie réelle, mais tout le contraire dans la chambre.

Ce vieux dicton sur l'épouse parfaite qui serait un cordon bleu en cuisine et une putain au lit ? Eh bien, je veux qu'Ivy soit tout ce qu'elle est déjà : forte, indépendante, intelligente, équilibrée, heureuse.

Mais pas ici.

Pas dans le donjon.

Je comprends avec un sentiment écœurant que plus elle est vulnérable ici, plus ma queue se durcit. Comme un prédateur traquant sa proie, espérant repérer une faiblesse.

Je gérerai la culpabilité plus tard, mais pour l'instant, je vais pour le coup de grâce.

Je fixe son visage pâle, ses yeux troublés. Son eyeliner est juste assez étalé pour lui donner ce look punk-emo. Une junkie désespérée en quête de sa prochaine dose.

Elle est tellement ivre que je n'ai aucune raison de la toucher, mais son consentement est enthousiaste, alors je m'y fie. Plongeant dans ses yeux angoissés, écarquillés de désir, mon corps frémit d'une chaude anticipation. Je veux qu'elle soit forte et en bonne santé, mais regarde comme elle est exquise quand elle est brisée. Une petite fille blessée dans un corps de femme. Je veux l'aimer et la protéger ; je veux la pénétrer violemment et la faire trembler et crier.

Je bouge mes doigts plus vite, la caressant plus fort à l'intérieur. Ivy halète et ferme les yeux.

— Regarde-moi, dis-je. Reste avec moi.

Elle grimace et ouvre les yeux, lèvres entrouvertes. — Je vais... jouir.

— Je veux voir ton visage quand tu jouis, dis-je.

Les yeux dans les yeux, nous semblons pris dans un champ d'énergie érotique. Peau chaude, doigts glissants, yeux grands ouverts. Elle commence à gémir à nouveau, ce grondement qu'elle fait avant l'orage.

— Je vais prendre soin de toi, tu comprends ?

Elle hoche la tête.

— Je vais tellement bien prendre soin de toi. Tu n'as à t'inquiéter de rien.

Ivy est si proche de jouir qu'elle peut à peine hocher la tête. Je sens ses muscles se resserrer autour de mes doigts et j'aimerais que ce soit ma queue.

— Je ferai n'importe quoi pour toi, je grogne. N'importe quoi. Tu n'as qu'à me dire ce dont tu as besoin.

— C'est... ça... dont j'ai besoin, murmure-t-elle, respirant à peine, puis crie fort alors que l'orgasme la traverse : une vague brisant une digue. Sa chatte se contracte si fort que je crie aussi, et nous gémissons ensemble, dans la bouche l'un de l'autre.

Vague après vague, son orgasme presse mes phalanges. Quand les contractions s'estompent, je commence à la baiser avec mes doigts, et tout recommence. Le cri, les gémissements, les contractions.

Putain de merde.

Elle est tellement mouillée, et son corps est si ouvert, prêt pour moi.

Je retire mes doigts et tiens Ivy fermement alors qu'elle s'effondre en avant, contre moi, épuisée par les orgasmes intenses. Je prévois de lui donner un moment pour récupérer, mais elle gémit déjà et se frotte contre moi, voulant plus.

— Prête pour moi ? je demande, même si la réponse est évidente.

— Putain, oui, répond-elle en attrapant ma queue.

Je suis un peu nerveux d'avoir ma queue entre ses mains, vu son humeur imprévisible, mais c'est aussi excitant. Elle descend pour me sucer, et j'ajuste nos corps pour que je puisse la lécher en même temps. Elle est à quatre pattes au-dessus de moi, face à mes pieds, et quand elle s'abaisse pour me sucer, j'attrape une bouchée de sa chatte exquise. C'est si bon. Je gémis contre elle et elle gémit en retour, la vibration de sa bouche sur ma tige me rendant fou. Elle me prend toujours si profondément.

J'exhale un souffle tremblant et fais tournoyer ma langue autour de son clitoris puis de son orifice, utilisant des coups de langue languissants qui la font gémir. Elle est gonflée, sensible, et elle a un goût si doux. J'ouvre mes lèvres aussi grand que possible, et prends autant d'elle que je peux, couvrant toute sa chatte de ma bouche tandis qu'elle masse mes couilles et travaille sa bouche de haut en bas sur toute la longueur de ma queue. Respirant, léchant, suçant, nous nous sommes transformés en une seule créature, délirante de désir. Je la pénètre avec ma langue, poussant aussi loin que je peux atteindre, et elle halète avec ma queue dans sa bouche, l'attrapant à deux mains et la travaillant tout en faisant tournoyer sa langue autour du bout. Ma peau picote avec l'érotisme du moment ; avoir ma langue en elle pendant que ma queue est dans sa bouche va me faire jouir.

J'essaie de repousser l'orgasme — la nuit est encore jeune — mais ça devient difficile, et quand Ivy frotte mon périnée, j'explose presque. Je me dégage et la retourne.

Maquillage des yeux barbouillé d'avoir pleuré, lèvres gonflées, seins nus luisants d'huile et de lubrifiant, elle est une putain d'égérie pour amants brisés.

— Tu n'as jamais été plus belle, dis-je.

Elle souffle et dit : — J'en doute.

Je ne suis pas sûr de devoir être honnête avec elle. Je ne veux pas paraître prédateur — ou plutôt, je ne veux pas qu'elle pense que je suis un prédateur. Je prends une mèche de ses cheveux et l'enroule autour de mon doigt, la regardant. Je murmure : — Ça m'excite.

Je vois une nouvelle lueur dans ses yeux. — Quoi donc ?

— T'avoir comme ça. Si... vulnérable. Même désordonnée.

— Non, répond-elle, tu es Alistair Ravenscroft. Tu ne *fais* pas dans le désordre.

— Tu fais ressortir une part différente de moi, dis-je, toujours à voix basse. Une part qui veut le désordre. Qui veut te mettre encore plus en désordre. C'est nouveau.

— Explique-moi.

— Je ne peux pas. Je ne le comprends pas encore.

— Alors montre-moi, dit Ivy, sans rompre le contact visuel alors qu'elle prend ma main et la pose sur son sein. Je sens son téton gonflé presser contre ma paume. — Montre-moi à quel point tu me veux désordonnée.

— Je ne te ferai pas ça, dis-je. Je suis là pour te protéger. Pour te faire sentir en sécurité.

— Tu me *fais* sentir en sécurité, dit-elle. C'est la seule raison pour laquelle je peux être vulnérable avec toi.

— Ça semblera mal. Même le désir semble mal. Je t'aime trop.

— Alors fais comme si j'étais quelqu'un d'autre.

Je passe mes doigts dans mes cheveux. — Je ne veux personne d'autre dans mon lit que toi.

— Et je te veux, répond Ivy. Sa voix se durcit. — Et je t'ai dit plus tôt que je voulais être défoncée. Alors qu'est-ce que tu attends ?

CHAPITRE 37
Candy

IVY

Comment puis-je convaincre Alistair autrement que je veux et j'ai besoin qu'il me baise complètement ? Son expression est partagée. Il n'est pas content que je fasse ressortir le pire en lui, mais ce qu'il ne sait pas, c'est que dans mon esprit, il a toujours été le prédateur, et j'adore être sa proie.

Je tiens toujours sa main contre mon téton. Avant qu'il puisse m'arrêter, je glisse mes doigts vers le bas, saisis son poignet et utilise sa main pour me gifler la joue. Ce n'est pas fort ni douloureux, juste une claque sourde, mais Alistair hoquette.

— Non ! s'exclame-t-il en retirant ses mains. Non, Ivy, ce n'est pas ce que je voulais dire.

— Alors montre-moi, je répète. Depuis quand le lapin doit-il montrer au jaguar comment chasser ?

— S'il te plaît, mon amour, s'il te plaît, ne te fais pas de mal.

— Ça n'a pas fait mal, je dis. C'était bon. Ta peau sur la mienne est toujours agréable.

Le visage d'Alistair est marqué par l'inquiétude. Il tend la main et caresse mon visage. — Ta joue devient rose.

— Tant mieux, je dis. Ce n'est rien que je ne mérite pas. Quoi d'autre ?

Alistair soupire et secoue la tête. Il est inquiet ; il réfléchit avec son cerveau au lieu de sa queue. — Je pense qu'il vaut mieux en rester là pour ce soir.

— Pas question, je dis, en colère, comme s'il m'avait arraché quelque chose de précieux.

— Ivy. Je t'aime. Je ne veux pas qu'on fasse quelque chose qu'on regrettera tous les deux.

— Ça n'arrivera pas.

— Ne nous disputons pas, dit-il doucement. Il y en a eu assez aujourd'hui.

Pour l'empêcher de parler, je me penche et l'embrasse. Ça commence tendrement, mais bientôt nous y sommes tous les deux. J'ai besoin qu'il oublie les mots ; qu'il oublie tout sauf me toucher. Je l'embrasse plus urgemment, et il répond avec sa bouche et ses mains, me serrant fort. Oui, c'est ce que je veux. Être complètement tenue et *maîtrisée*.

Je saisis sa main et la déplace vers mon cou, serrant doucement.

Là, j'ai envie de dire. *Tu tiens la clé de la vie et de la mort.*

Alistair joue le jeu, grognant, sa prise sur mon cou me fait tellement de bien. Mon désir me fait ouvrir grand la bouche, et il m'embrasse plus fort qu'il ne l'a jamais fait.

Oui, oui, oui.

Mon bassin est incandescent de besoin pour lui. Je m'écarte pour murmurer : — Tu veux me baiser ?

Sans répondre, il se lève du lit et marche vers l'un des placards. Avec un grognement, il sort un cadre noir en forme de X recouvert de cuir, à peu près de sa taille. Un courant d'excitation me traverse. Ça ne déparerait pas dans une chambre de torture. Il le pousse au milieu de la pièce et le verrouille. Il récupère plus de jouets : cravache, martinet-godemiché, fouet, et d'autres outils que je ne reconnais pas.

— Debout, ordonne-t-il, me faisant signe de la main.

Oui, Monsieur.

Je me lève, les tétons durs comme du diamant.

— Viens ici, dit-il. Sa voix est rauque de désir.

Je m'approche doucement, et dès que je suis à sa portée, il m'attrape brutalement, presse mes seins, puis me fait tourner et me pousse contre la croix.

Je laisse échapper un gémissement excité.

J'entends le bruit déchirant du velcro alors qu'il attache mes poignets au sommet de la croix avant d'écarter largement mes jambes et de faire de même avec mes chevilles. Mon corps écartelé a maintenant la forme du X. Je ne peux plus voir les jouets, mais juste savoir qu'ils sont là me rend nerveuse. Je peux voir l'écran de télévision, qu'Alistair allume. Il fait défiler quelques vidéos, puis en sélectionne une avec deux femmes et un homme. Ils sont dehors, près d'une piscine étincelante, ce qui me rappelle Koh Samui juste avant que ma vie n'implose. Alistair a coupé le son pour que nous n'ayons pas à entendre les conversations maladroites entre le trio. À la place, la bande sonore est une playlist de chambre aux basses lourdes brillamment organisée qu'il diffuse à travers les haut-parleurs cachés. Je regarde la femme blonde flirter avec le mari de la brune. Fait d'une fibre morale impeccable, le mari montre son alliance à la séductrice avec un haussement d'épaules désolé. Elle hausse les épaules en retour, faisant un clin d'œil. *Et alors ?*

Et alors, je pense, essayant de me l'approprier. *Et alors ?*

J'ai l'impression que ma vie est finie. *Et alors ?*

J'ai perdu ma meilleure amie de toujours. *Et alors ?*

J'ai perdu un bébé qui était presque le mien. *Et alors ?*

Je veux être la star du porno blonde qui sourit et fait un clin d'œil et ne se soucie de rien d'autre qu'une bonne épilation et sa prochaine baise mémorable. Rien ne lui fait mal, alors que tout me fait mal. Elle n'a ni scrupules, ni anxiété, et rien dont elle doive s'inquiéter - et moi, je me noie dans la peur. Je la surnomme Candy. Pour le reste de la nuit, je vais être Candy. Elle n'est que sucre, mais je peux prétendre être une pilule amère avec un enrobage sucré.

La Candy à l'écran continue de lancer ses regards les plus suggestifs au mari de l'autre femme, mais comme je l'ai mentionné auparavant, c'est un homme intègre. Il ne trompe pas sa femme, peu importe combien elle se jette à son cou : se penchant dans sa jupe de tennis courte pour récupérer une balle ; se baissant au buffet du petit-déjeuner pour montrer ses seins spectaculaires ; lui faisant du rentre-dedans sous la table, à la Sharon Stone. Il réussit à passer quelques jours sans céder à son appel de sirène tandis que la femme reste inconsciente de la présence de la tentatrice parce qu'elle vit sa meilleure vie et sait que son homme est solide.

Alistair touche mon dos, et je sursaute.

— Désolée, je dis. J'étais totalement absorbée par l'intrigue.

Alistair rit. — Dit personne à propos du porno, jamais.

— Je ressens vraiment cette histoire, je dis. Elle m'a complètement captivée.

Je l'entends rire à nouveau, mais je m'en fiche. L'écran est tout ce que je peux voir, et je suis investie dans l'histoire d'une manière intense dont seule une personne ivre et excitée est capable. Le mari va-t-il finalement craquer sous la poursuite incessante de Candy ? La femme va-t-elle les trouver *in flagrante delicto* ? Le suspense me tue.

Alistair me caresse avec ses mains et ses doigts, alternant la pression. Des caresses légères comme une plume cèdent la place à des prises fermes puis reviennent. Je me tortille de plaisir. Il prend un fouet en cuir noir et le fait passer devant pour me le montrer. La poignée est un godemiché en verre. Il commence par les plus légères des touches, les lanières de cuir souple chatouillant mes épaules, mes bras, mes fesses. Cela m'envoie des vagues de plaisir, comme si elles avaient un léger courant électrique. Chaque fois qu'il s'approche de ma chatte, elle palpite comme si elle avait sa propre vie.

Candy - celle à la télé - est proche d'abandonner avec le mari à la volonté de fer. Je le trouve très attirant maintenant que je sais qu'il peut résister à cette harpie. C'est un vrai homme, comme Alistair. Il n'a pas besoin de prouver sa masculinité ou de rehausser son estime de soi en trompant. Son corps n'est pas mal non plus, avec ces beaux biceps et ces abdos sculptés.

J'éprouve vague après vague de chair de poule alors qu'Alistair traîne le fouet sur ma peau. Ça commence comme un chatouillement, mais progressivement, les coups d'Alistair deviennent plus durs. Le fouet commence à piquer, mais Candy n'est pas le genre de femme à se soucier d'une petite douleur. Ça la rend juste plus excitée ; plus affamée. J'adore le son qu'il fait quand il me frappe - l'éclaboussure du cuir embrassant la peau. Mon désir se manifeste par un gémissement sourd, et Alistair répond par ce sifflement qu'il fait quand il est excité, inspirant à travers ses dents serrées.

Le couple marié se prélasse autour de la piscine, buvant des cocktails ridicules. La femme s'excuse et retourne dans leur chambre. Comme le son est coupé, je n'entends pas pourquoi. Peut-être pour sortir du soleil, ou pour vérifier ses cheveux et son maquillage parfaits.

Candy, la rusée fille du « et alors », voit sa chance.

Mais, attendez, il y a un rebondissement !

Au lieu d'approcher le mari, dont les couilles pourraient aussi bien être dans un piège d'acier, Candy suit la femme.

Je halète alors que les lanières de cuir piquent mon omoplate.

— Tu te souviens de ton mot de sécurité ? demande Alistair. Il y a de l'inquiétude dans sa voix qui n'a pas lieu d'être.

— Oui, je réponds. Je n'en aurai pas besoin. Je suis la fille du « et alors » maintenant.

CHAPITRE 38

Coup de théâtre

ALISTAIR

C'est un équilibre délicat à atteindre : cette ligne fine et floue entre la douleur et le plaisir. Je ne suis peut-être pas un sadique, mais on m'a appris qu'une petite dose de douleur peut intensifier le plaisir pour certaines personnes. Je ne veux pas faire mal à Ivy, mais je veux lui donner ce dont elle a envie. Je la fouette doucement pendant un moment, puis passe à des coups plus fermes. Je m'assure de parcourir tout son corps, pour que chaque centimètre carré de peau puisse sentir le murmure du cuir noir souple, puis la piqûre.

— Ah, putain, gémit-elle.

Je respire profondément, maîtrisant mon désir de simplement la pénétrer.

Je jette un coup d'œil au porno sur l'écran. La femme blonde entre dans la chambre d'hôtel du couple, invitée par l'épouse. Dans une série télévisée, elles finiraient probablement dans une bagarre, une confrontation entre l'épouse menacée et la maîtresse briseuse de ménage. Ces dames décident de résoudre leur conflit d'une manière plus... généreuse. Elles discutent et rient, se touchent les cheveux, se disent probablement à quel point elles sont jolies. Elles sont féminines et légères dans leurs mouvements tandis qu'elles flirtent l'une avec l'autre. La blonde, tout en admirant la robe d'été de la brune, fait glisser la bretelle de son épaule et se mord la lèvre. C'est tout ce dont l'épouse a besoin pour savoir que le jeu est lancé. Elle glousse timidement et laisse glisser l'autre bretelle, guettant la réaction de la femme.

Je fouette les fesses d'Ivy, et elle gémit. Je prends ses joues en coupe et les serre, puis les fouette à nouveau. Sa respiration est profonde. J'échange le fouet contre la palette.

La blonde remonte la robe de l'épouse et la lui enlève, révélant un corps de mannequin dans un bikini blanc imitation peau de serpent. L'épouse prétend être pudique, mais la blonde n'y croit pas une seconde. L'instant d'après, elle est à genoux avec la jambe de l'épouse posée sur son épaule, pendant qu'elle penche la tête en arrière et lui fait un cunnilingus.

— Coup de théâtre, murmure Ivy.

— En effet, dis-je, en donnant un coup de palette sur ses fesses.

Une inspiration brusque ; son corps se tend puis se détend. Sa peau est rose.

À l'écran, tous les semblants de timidité ont disparu. Si l'épouse craint que son mari les surprenne, elle n'en montre rien. Sa tête est rejetée en arrière, sa bouche est ouverte. Le cou de la blonde doit commencer à fatiguer car elle pousse sa nouvelle amante sur le lit et continue de la lécher. Voir un gros plan de sa bouche – lèvres roses parfaites, dents blanches comme neige et bien alignées – pressée contre le joli sexe de l'épouse fait gonfler encore plus mon membre. Elle tend la main pour prendre le collier de perles du cou de l'épouse – très probablement un cadeau du mari fidèle – et commence à caresser les lèvres de l'épouse avec, et nous voyons un gros plan du collier de perles qui monte et descend sur la peau glissante pendant qu'elle lèche son clitoris.

En extase, l'épouse rejette la tête en arrière. Elle n'a jamais eu un cunnilingus aussi bon. Probablement.

Je note mentalement d'acheter des perles à Ivy.

La peau d'Ivy est marquée de rouge et de rose en larges touches, comme une peinture expressionniste. Je veux voir son visage.

— Je vais te retourner, dis-je. Mais d'abord, je vais m'agenouiller et te lécher.

Avec les jambes d'Ivy écartées comme ça, son sexe me supplie presque de le lécher. Je me mets à genoux comme la blonde dans la vidéo, comme un serviteur face à la couronne, et quand je goûte à nouveau la chatte juteuse d'Ivy, je ne peux m'empêcher de gémir de plaisir. Ses gémissements font écho aux miens.

— Putain, je murmure. Ton sexe est tellement parfait. Il est si gonflé et humide que mon membre durcit encore plus. J'adore te goûter. J'adore enfoncer ma langue tout au fond de toi.

Je le fais, et ses gémissements deviennent plus forts. Je fredonne contre son clitoris, la faisant se tortiller.

— Putain, gémit-elle.

Je ne peux m'empêcher de glisser un doigt à l'intérieur. Ce n'était pas prévu, mais dès qu'il entre, nous gémissons tous les deux.

— Tout est parfait dans ce sexe, dis-je. J'ajoute un autre doigt et commence à les faire entrer et sortir tout en promenant ma langue partout.

— Ahhhh, gémit-elle. Ah. Je crois que je vais jouir.

— Jouis, je réponds. Je veux que tu jouisses sur moi.

J'augmente l'intensité, la doigtant plus vite tout en suçant plus fort.

— Oui, siffle-t-elle. Oui, oui. Et puis ses mots se transforment en un cri lorsque l'orgasme la frappe. Je continue, même si elle serre mes doigts, me ralentissant. Je garde ma bouche sur elle. Elle se cabre et jouit à nouveau, la seconde fois étrangement plus puissante que la première. Son corps tremble, et sa tête vacille. Avant qu'elle n'ait eu le temps de récupérer, je la détache, la tourne vers moi et l'attache à nouveau.

— C'était incroyable, dit-elle, le corps mou contre le cadre. C'est comme... c'est comme si chaque partie de ma peau atteignait l'orgasme.

Ses paupières lourdes et son corps affaibli suggèrent qu'elle est épuisée.

— Tu en as eu assez ? je demande.

Elle rit et secoue la tête.

— Non.

Je suis heureux de l'entendre, car je suis dur comme de la pierre rien qu'à l'idée de la baiser.

— Tu es tellement mouillée, dis-je. J'ai hâte de te baiser.

— Je suis prête, répond Ivy.

Elle a joui quatre fois. J'ai hâte de sentir à quel point

elle est gonflée, j'ai hâte de la baiser si bien qu'elle jouisse sur ma queue. Je veux la pénétrer pendant ses contractions.

J'allume quelques bougies de massage et fais couler la cire sur sa poitrine, ses magnifiques seins, son ventre. Elle halète à la chaleur. Je la frotte sur sa peau. Ça sent vraiment bon, mais je ne peux pas identifier le parfum.

La voir faible et attachée me fait serrer la mâchoire. Je peux à peine me contrôler, et ma respiration est lourde.

— À quoi penses-tu ? demande Ivy. Elle a dû remarquer l'intensité de mon regard, observant son corps épuisé s'affaisser contre le cadre.

Et puis merde.

— Je pense que je suis un homme mauvais, dis-je. Puis, avant qu'elle ne puisse argumenter : Que je te désire davantage quand tu es brisée.

Ses yeux brillent d'intérêt – ou sont-ce des larmes ?

— Tu me désires davantage quand je suis... brisée ?

Ma voix est rauque.

— Seulement ici. Seulement dans la chambre. Ça fait ressortir quelque chose en moi. Quelque chose de primitif.

— Je veux aussi être primitive, dit-elle. Comment me veux-tu ?

Elle n'a pas besoin de faire quoi que ce soit de différent. Je peux voir à quel point elle est émotionnellement détruite.

— Tu es parfaite, dis-je.

Elle garde les yeux sur moi.

— Mon maquillage est-il maculé ?

— Un peu, je réponds.

— Macule-le davantage, dit-elle.

J'hésite, mais je mets mes pouces dans sa bouche et elle les suce. Je les utilise pour appuyer sur ses paupières, balayant une partie de son fard à paupières et de son eye-liner juste sous ses yeux. J'applique une nouvelle couche de rouge à lèvres et puis j'utilise mon pouce pour en étaler un peu sur son menton.

Je fais un pas en arrière pour admirer mon œuvre.

— Et alors ? demande-t-elle.

— Tu es encore trop belle, dis-je, mais la vérité est que j'aime cette version désordonnée d'elle. Ma bite pourrait aussi bien être un missile à tête chercheuse vu la façon dont elle réagit en la voyant comme ça.

— Je veux sucer ta queue, dit-elle, en mordant sa lèvre maculée. Tu sais à quel point j'aime ça. Mais je ne peux pas l'atteindre. Elle remue les doigts. Je suis toute attachée.

— Que penses-tu d'être à l'envers ? je demande.

— J'y suis habituée, répond-elle. Les équilibres sur la tête en yoga.

Je déverrouille le cadre en X et le fais pivoter lentement pour qu'Ivy soit à l'envers, puis je le verrouille à nouveau en place. Je sors l'écran de télévision et l'oriente pour qu'Ivy puisse toujours voir. Regarder du porno à l'envers, c'est nouveau.

— Ça va ? je demande.

Elle sourit.

— Apporte-moi cette queue.

CHAPITRE 39
Fais~moi suffoquer

IVY

Ça s'avère être la séance la plus bizarre de tous les temps. Je ne me plains pas, mais c'est étrange d'être la tête en bas pendant l'acte, surtout quand tu es attachée en X sur une croix. Alistair s'approche, jusqu'à ce que je ne voie plus que son énorme sexe. Le porno continue de tourner, rendant la scène encore plus bizarre. Candy et l'épouse ont échangé leurs positions, c'est maintenant l'épouse qui fait une fellation à Candy, pendant que le mari, charmant mais naïf, vide son cocktail au bord de la piscine.

J'ouvre grand la bouche. Je suis affamée du magnifique sexe d'Alistair. J'adore l'avoir dans ma bouche. Il l'introduit doucement, mais je veux qu'il soit brutal. Je veux qu'il baise ma gorge. Je prononce son nom, mais ça sort de façon inintelligible. Il doit se retirer pour me permettre de parler.

— Je le veux brutalement, lui dis-je. Je veux que tu me fasses suffoquer.

Il soupire et prend mon menton à l'envers entre ses mains. Il a peur de me faire mal.

— S'il te plaît, dis-je. Aussi brutal que possible.

Je veux qu'il m'avilisse. Me souille. Me brise. Mais je sais qu'il ne sera pas d'accord. Son sexe, cependant, n'a pas de tels scrupules. Il le glisse à nouveau dans ma bouche et je le suce avec délectation, laissant sa longueur glisser le long de ma langue humide. J'ouvre plus grand, espérant qu'il aille plus loin, ce qu'il fait.

Lentement, très lentement, il commence à pousser profondément dans ma bouche. C'est tellement excitant.

Quand il atteint ma gorge, je gémis. J'en veux plus, encore plus, toujours plus. Plus fort, plus profond.

Alistair ralentit, vérifie que je vais bien, puis accélère à nouveau.

Je commence à avoir la tête qui tourne avec tout ce sang qui y afflue. Il commence à pousser pour de bon, ouvrant ma gorge.

Oui, oui, oui.

Je m'étouffe, mais ça ne me dérange pas. Tousser et suffoquer fait partie de l'avilissement. Je ne suis plus Ivy Mickelson. Je ne suis même plus Candy. Je suis un corps sans nom avec des trous à baiser. Des trous qui adorent être baisés.

Le sexe d'Alistair est plus gros et plus dur que jamais, comme s'il pouvait entendre mes pensées. J'ai vraiment la tête qui tourne maintenant, mais je ne veux pas que ça s'arrête. Peut-être qu'il va juste baiser ma gorge jusqu'à ce que je perde connaissance.

Je vois qu'il est aussi excité que moi, et je savoure cette

pensée. Il se rapproche encore plus, de sorte que tout son corps est contre le mien, et il baisse la tête vers mon sexe écartelé et commence à sucer mon clitoris. Je jouis instantanément. L'orgasme court comme un feu en moi, me laissant étouffée et tremblante contre la croix. Je me demande si Alistair va me remettre à l'endroit, mais il a d'autres projets.

— Ça va là-bas ?

— Oui, je halète. Encore.

— Insatiable, dit-il, amusé. Il fait en sorte que ça sonne comme un compliment.

— Je peux avoir ton sexe encore une fois ? je demande. C'était si bon que j'en voulais un tour de plus. On ne sait jamais combien de fois dans la vie on aura l'occasion d'être complètement sous tequila, attachée à une croix à l'envers, et de se faire baiser la gorge par un dieu.

Alistair reprend le martinet. Il revient vers moi, son érection si gonflée qu'elle me rend folle.

— Je veux aspirer tout ton sperme, dis-je.

Les mots crus font partie du jeu ; font partie de l'avilissement.

Il enfonce à nouveau son sexe dans ma bouche. La brutalité fait rayonner mon sexe. Pendant qu'il pousse lentement d'avant en arrière, il traîne les lanières de cuir souple du martinet sur mes lèvres. Ça fait un effet incroyable. Nous restons comme ça un moment parce que c'est tellement bon, puis Alistair commence à pomper sérieusement. En même temps, il retourne le martinet et insère le manche en verre dans mon sexe. Il est chaud de sa main. Je gémis autour de son sexe, ma gorge vibrant de plaisir tandis qu'il commence à le bouger d'avant en arrière, léchant mon clitoris.

Putain ! Je crois que je vais exploser. C'est trop et pas assez à la fois. Étouffant, gémissant, chair de poule partout. Mes muscles se contractent alors qu'il frappe mon point G encore et encore et que son sexe perce ma gorge. Je suis au bord de mon climax, comme au bord d'une falaise. Tout ce que j'ai à faire est de franchir le pas et de tomber. Je sais qu'Alistair me rattrapera.

— Attends-moi, dit-il. Il se retire, redresse le cadre en X, et me détache, me jetant sur le lit. Même s'il ne me touche plus, je sens le premier spasme de l'orgasme. Je me mets à quatre pattes.

Je ne le vois même pas monter sur le lit avant de sentir son énorme sexe me pénétrer.

Je suffoque de plaisir, de satisfaction. Il est si gros, si épais, il étire mon sexe gonflé tandis que le bout de son sexe masse mon col de l'utérus douloureux.

— Puta-a-a-a-ain, je gémis. Je n'arrive pas à croire que je vais encore jouir. Putain !

Alistair tire ma tête en arrière et m'embrasse pendant qu'il pousse. J'acquiesce et gémis et essaie de retenir mon orgasme parce que je ne veux *jamais* que ça s'arrête.

Mais je ne peux pas le retenir – il a maintenant une force et un élan qui lui sont propres et que je n'ai pas le pouvoir de ralentir. La vague montante est trop grande, je réalise avec une pointe de nervosité. Ça va être trop. Je vais perdre complètement le contrôle. C'est trop, et ça ne fait que s'intensifier. Est-ce qu'un orgasme a déjà tué quelqu'un par sa seule force ? Peut-être que je serai la première.

La main d'Alistair trouve à nouveau ma gorge, et j'explose presque. Il ne m'étrangle pas ; il l'utilise comme levier pendant qu'il pousse en moi encore et encore. Je pense à mon maquillage barbouillé, ma peau pâle et mes côtes saillantes, mes seins qui bougent, ma gorge baisée, mes lèvres mordues.

Style junkie chic.

Brisée.

Proie.

— Oh, Alistair, dis-je.

Une main sur ma gorge, l'autre sur mon clitoris, il martèle mon sexe juteux jusqu'à ce que le filon mère de tous les orgasmes s'écrase sur moi comme un tsunami brûlant. Je ne reconnais pas les sons qui sortent de ma propre bouche. Des cris aux grognements gutturaux puis à nouveau des cris. Putain !

Je ne sens plus mes jambes. Je ne sens plus mon corps. Juste une détonation de bonheur là où se trouvait mon bassin.

Je hurle. — PUTAIN !

Dans n'importe quel autre univers parallèle, cela aurait achevé Alistair, mais il est fait d'acier ce soir. Il continue, poussant dans mon orgasme, faisant durer les contractions éternellement.

À l'écran, le mari a rejoint la fête dans la chambre d'hôtel depuis longtemps. Il n'en revient pas de sa chance.

— Putain, Alistair, putain-putain-putain !

Mon vocabulaire semble avoir suivi le même chemin que mes membres – inexistant – alors qu'une autre explosion de bonheur me traverse.

CHAPITRE 40
Cigarette

ALISTAIR

Ivy veut être brisée, et je suis là pour la briser.

Elle a pris toute ma queue dans sa gorge, encore et encore. Elle l'a avalée et a eu un haut-le-cœur mais en voulait toujours plus, et je lui en ai donné plus. Elle n'était pas satisfaite tant que je n'étais pas entré aussi loin que possible.

Elle est ma déesse. Je ne la traiterais jamais comme ça de ma propre initiative, mais elle a insisté.

Le sexe avec Ivy a toujours été incroyable, mais nous gardons généralement les choses dans la politesse.

Ça te va si on fait ça ?

Tu aimes quand je te fais ça ?

Comment tu te sens ?

Une baise polie.

Ceci, en revanche, était tout le contraire.

C'était sale, chaotique et émotionnellement dangereux.

Nous avons priorisé mon plaisir, ma queue, et elle n'a jamais joui aussi fort de sa vie.

Mon propre orgasme est proche. Je suis surpris d'avoir tenu aussi longtemps, parce qu'avoir Ivy comme ça me donne juste envie d'exploser. J'ai envie de jouir partout sur elle, sur sa bouche à la tequila et ses magnifiques seins qui rebondissent. Sur ses fesses parfaitement rondes que j'ai fessées jusqu'à les rendre roses.

Ah, putain, je vais jouir.

Je commence à donner des coups plus forts, plus rapides, et Ivy dit : « Oui, oui, oui, » comme si elle allait jouir encore, bien que je soupçonne que ce soit peut-être impossible.

— C'est tellement bon, gémit-elle. J'adore sentir ta queue en moi.

Ahhh... Je prends une respiration et essaie de continuer. Peut-être qu'elle jouira une dernière fois.

Mes yeux se posent sur l'écran. La femme blonde chevauche le mari tout en embrassant sa femme, qui est assise sur son visage. Après un moment, il les réarrange pour qu'elles soient assises l'une sur l'autre et il les pénètre à tour de rôle tout en utilisant un stimulateur clitoridien sur sa femme.

La chatte d'Ivy commence à m'attirer, prête à me serrer avec plus de contractions.

Je ne peux m'empêcher de penser à Freya, et combien Ivy aimait jouer avec une autre femme. Je dois lui trouver une copine, une licorne que nous pourrons rencontrer dans des chambres d'hôtel, ou emmener en vacances. Ce sera génial pour notre vie sexuelle, et pourrait un peu l'aider à surmonter sa rupture avec Rebecca.

— Alistair, souffle Ivy. ...encore.

Je perds alors le contrôle et laisse mon corps prendre le dessus. Je la baise avec chaque once d'énergie qu'il me reste, m'enfonçant dans son orgasme final et permettant enfin à mon propre plaisir de me submerger. C'est la meilleure sensation au monde.

Je gémis bruyamment alors que mes muscles se contractent dans une pure extase. Putain ! Je me vide en Ivy, me concentrant sur cette délicieuse sensation et en profitant comme si c'était la dernière fois. Ça dure plus longtemps que d'habitude, et une fois épuisé, je me penche en avant et l'enlace, entourant ses côtes et ses seins de mes bras, embrassant sa colonne vertébrale.

Ivy gémit de satisfaction, puis s'effondre sur le côté, m'entraînant avec elle, et nous restons allongés en cuillère pendant que le trio dans la vidéo s'éjacule dessus.

— Nom de Dieu, marmonne Ivy. J'ai besoin d'une cigarette.

Je ris. — Tu as abandonné les tacos, alors ?

— Je pourrais totalement manger un taco aussi.

— Je vais en commander, dis-je en prenant mon téléphone.

— À deux heures du matin ? demande-t-elle. Je ne suis pas sûre que le livreur Uber Eats sera ravi.

— Tu as raison, dis-je en reposant le téléphone. Je vais t'en préparer un. Ce serait bien si je pouvais faire manger Ivy. Je sais qu'elle n'a presque rien avalé aujourd'hui, et ça aidera à atténuer la gueule de bois qui va lui marteler le crâne dans quelques heures.

— Non merci, dit-elle. Je plaisantais pour le taco. Et pour la cigarette.

La vidéo se termine avec les trois amants qui rient, se chamaillent et font une bataille d'oreillers, et il y a une bourrasque de plumes avant que le générique ne défile.

— Qu'est-ce que tu as pensé du porno progressiste ? demande-t-elle.

— Pas mal, je réponds. Ça me donne envie de t'emmener en vacances avec une amie pour jouer avec.

Ivy se tourne vers moi. — Sérieusement ?

— Si tu es partante, oui. Les femmes... c'est quelque chose que tu veux explorer, n'est-ce pas ?

— Avec toi, oui, dit-elle.

— Et sans moi ? je demande.

— J'en ai le droit ? demande-t-elle.

— Tu es libre de tes choix. Tu n'as pas besoin de ma permission.

— Je sais, mais je veux dire, est-ce que ce serait tromper ?

— Pas si nous convenons maintenant que ça n'en est pas. Nous faisons nos propres règles.

Toujours incertaine, elle plisse les yeux. — Donc la règle est... ?

— Je suis heureux que tu explores ta sexualité comme tu le souhaites... tant que ce n'est pas avec un autre homme.

— Donc je peux être avec d'autres femmes ? Avec ou sans toi ?

— Pour être clair, je préférerais toujours être *avec toi* pour tes aventures lesbiennes, mais je comprends qu'il puisse y avoir des moments où ce n'est pas possible.

Elle glousse et me pousse. — *Aventures lesbiennes*. Eh bien, dans ce cas, je te donne ma bénédiction pour baiser d'autres hommes.

Je m'étouffe presque. — Merci, ma chérie, mais je ne pense pas que ce sera nécessaire.

— On ne sait jamais !

Je ris et caresse sa hanche. — J'en suis assez certain.

— Comment est-ce qu'on s'y prendrait pour avoir une amie-avec-bénéfices ? demande-t-elle.

— J'ai mes moyens.

— Des prostituées ? demande-t-elle. Pas que j'aie quoi que ce soit contre les prostituées.

— Laisse-moi m'en occuper, dis-je. Au moins, c'est quelque chose que je peux faire.

Je fais boire à Ivy une bouteille d'eau et prendre deux paracétamols. J'essuie le maquillage qui a coulé sur son visage.

— C'était l'une de nos séances les plus... intéressantes, dit-elle.

— C'est vrai, je réponds. Un sentiment subtil de culpabilité persiste. J'espère que je n'ai pas été trop brutal.

— C'était parfait, dit-elle. Après l'orgasme numéro cinq, j'ai arrêté de compter. Je suis complètement épuisée maintenant. C'est exactement ce dont j'avais besoin.

Il ne fait aucun doute qu'elle se sentira pire demain, mais je prendrai soin d'elle.

Je prends Ivy dans mes bras et la porte jusqu'à notre chambre, la déposant sur les draps propres et la couvrant, la bordant. Elle me sourit doucement. Je veux qu'elle se sente en sécurité. Je veux qu'elle sache que sa situation n'est pas désespérée. J'écarte une mèche de cheveux de son visage. — Je prendrai soin de toi, Ivy.

Elle sourit à nouveau et ferme les yeux.

Je l'aime entière et brisée, mais maintenant qu'elle est brisée, je peux la reconstruire.

CHAPITRE 41
Flipper de la Douleur

IVY

L'odeur du café me donne la nausée. C'est une première peu agréable.

Ma bouche est un cendrier de regrets.

J'essaie d'ouvrir un œil. C'est une erreur. La lumière du matin me transperce l'œil, envoyant un courant électrique glacial directement dans mon cerveau gonflé. Je laisse échapper un gémissement de douleur, mais la vibration fait mal. Tout fait mal. Putain de vie.

La soirée précédente me revient par petits morceaux glissants.

Un lit vide.

Des chaussettes à pois.

Du gin.

Becks.

Un SMS.

Noah Higgs. Brovic.

La fin de notre amitié.

Moi, sombrant dans une bouteille de tequila ; essayant de m'y noyer.

Tombant, me débattant.

Alistair me rattrapant.

Alistair toujours là pour me rattraper.

Je cherche ma bague, soudain paniquée à l'idée de l'avoir perdue dans mon état d'ébriété, mais elle est toujours là, à mon doigt.

Mon sexe me semble meurtri et gonflé, me rappelant la citation de Betty White sur la résistance des vagins. Cette pensée ne me fait même pas sourire, ce qui confirme que je suis déprimée.

La culpabilité alimente ma nausée – je n'ai pas encore annoncé mes fiançailles à mes parents. C'est dommage que ça ait déjà perdu de son éclat. Je devrais aussi leur parler de ma rupture avec Becks. Nous sommes pratiquement de la même famille, vu le temps que nous avons passé ensemble. Ils méritent de savoir que leur fille de substitution ne fera plus partie de leur vie. Ils l'ont toujours tellement aimée.

Maintenant c'est mon cœur qui me fait mal : tête et cœur – un double coup douloureux. Un flipper de la douleur.

Un lit vide.

La fin d'une amitié qui a duré toute une vie.

Je suis trop déshydratée pour pleurer. Un sanglot sec me traverse, et je suffoque à cause de la douleur dans mon crâne.

Putain de tequila.

Ha ! J'entends Becks dire. *Alors c'est la faute de la tequila, c'est ça ?*

Beurk. L'odeur du café. Quand je sens la salive affluer dans ma bouche, je sais que je vais vomir. Mais comment vais-je arriver aux toilettes à temps ? Pourrais-je même sortir du lit ? Je me sens collée au matelas.

Non, non, non. Pas question de vomir dans le lit d'Alistair. Pas sexy. Je dois me lever.

Je rassemble mes forces pour ramper hors des couvertures. Succès ! Je contiens la première vague de vomi. Ensuite, je me glisse hors du lit et sur la moquette. Mieux vaut rester près du sol. Je dois m'arrêter pour me concentrer à ne pas vomir, puis quand je pense que c'est passé, je rampe un peu plus loin.

Une nouvelle vague de nausée me frappe, et je me précipite vers la salle de bains, désespérée d'atteindre les toilettes à temps.

Le contenu de mon estomac se vide dans la cuvette en porcelaine avec une force à laquelle je ne suis pas habituée, et après quelques séries de vomissements atroces, ça semble enfin terminé. Mes muscles abdominaux me font mal, ma gorge brûle à cause de l'acide et de la bile. Beurk. Je nettoie le désastre, me détestant davantage à chaque coup de brosse, puis je monte dans la douche. L'eau chaude emporte les traces physiques de ma honte, mais elle n'atteint pas mon cœur douloureux. Je frotte ma peau trop fort, la laissant rose et irritée, et je pense *Bien fait. Tu mérites ça. Tu devrais être récurée de l'intérieur et de l'extérieur. Pas que ça ferait une différence. Tu es au-delà du nettoyage, maintenant.*

J'essaie de repousser cette voix familière, mais l'amertume et la haine de soi demeurent.

Je reste sous l'eau qui cascade, et je pleure. Ça fait

mal, mais je mérite cette douleur. Je pleure et pleure jusqu'à ce que l'eau devienne froide, puis je me sèche sans conviction.

L'arôme du café me donne toujours la nausée, alors je le verse dans l'évier. Ce n'est pas une bonne idée d'être près du lavabo, car quand je regarde dans le miroir embué de la salle de bains, je déteste ce que je vois.

Je trouve la bouteille de tequila abandonnée, prends une longue gorgée, et la ramène au lit avec moi.

Quand je me réveille à nouveau, Alistair est assis de mon côté du lit, la tête dans les mains. Je reste silencieuse, faisant semblant de dormir. Ce n'est pas difficile, car mes vertiges et mon mal de tête lancinant m'avertissent de ne pas bouger un muscle. Il a vu la bouteille de tequila vide. Je sais que je vais devoir me lever à un moment donné, mais je ne peux pas maintenant. J'ai besoin d'hiberner ; de me cacher de mes sentiments à tout prix. Je suis sûre que la chambre doit sentir l'alcool éventé et le vomi. Mon visage s'empourpre de honte, et soudain le lit me semble trop chaud, et la couette oppressante, et je supplie intérieurement Alistair de partir pour que je puisse respirer. La transpiration picote sur ma peau, et mes aisselles me démangent. Je ne sais pas combien de temps je peux encore faire semblant.

Alistair retire ses mains de sa tête et se redresse.

— Je sais que tu es réveillée.

Sa voix est rauque mais tendre, et ne contient aucune accusation. Je ne réponds pas et rougis à nouveau de cette tromperie. Je ne me suis pas sentie aussi mal à l'aise dans mon corps depuis que je sortais avec Jeff. J'ai l'impression qu'il y a tellement de distance entre nous, mais en même temps, sa proximité me met mal à l'aise.

— Je veux juste que tu saches que je suis là pour toi, murmure-t-il. Pour tout ce dont tu as besoin.

Il ne me touche pas du tout, ce qui est inhabituel et blessant. Suis-je dégoûtante à ses yeux ?

Je n'en peux plus, alors je me détourne de lui. Alistair reste encore un peu, puis se lève et s'en va, emportant la bouteille vide avec lui.

Je soupire de soulagement, et ce soupir se transforme en une sorte de pleurs qui semble ne jamais devoir s'arrêter.

CHAPITRE 42
Poison Ivy

ALISTAIR

J'essaie de donner de l'espace à Ivy, mais ça me tue. Elle veut être seule, mais je sais que ce n'est pas bon pour elle. Elle a besoin d'être entourée des personnes qu'elle aime. Je vais appeler Dr Sandringham pour organiser un rendez-vous, mais je ne suis pas sûr qu'Ivy acceptera d'y aller. Peut-être que Dr Sandringham pourrait venir ici. Si Ivy n'accepte pas non plus, je lui trouverai un autre type de thérapie. Que font les hippies comme traitements de nos jours ? Un truc sacro-crânien. Le tapping ? Des bains sonores tibétains. Des trucs pour le nerf vague ? Des trips aux champignons. Reiki. Je les embaucherai tous. Je ferai défiler une parade d'illuminés sentant l'encens dans la maison si c'est nécessaire, parce que je ne peux pas supporter de la voir souffrir autant.

J'envisage même d'appeler Rebecca pour essayer de la convaincre de retrouver la raison. Le fait qu'elle blâme Ivy pour les choses que ma famille a faites dans le passé est injuste et ridicule.

Je sens mes ongles s'enfoncer dans ma paume. Je relâche ma main et frotte ma paume. Je déteste ne pas pouvoir régler quelque chose, surtout quand c'est si important.

J'aimerais pouvoir réparer le cœur brisé d'Ivy.

J'aimerais pouvoir retrouver Alex.

Je me prépare un autre espresso et l'avale d'un trait.

Brodie n'a aucune piste concernant Alex. C'est comme s'ils s'étaient évaporés. Nous avons décidé de ne pas mordre à l'hameçon du rendez-vous avec Noah, donc ils sauront que nous avons deviné qu'il s'agissait d'un piège. J'ai évoqué l'idée d'envoyer une fausse Rebecca pour le rencontrer, mais Brodie a fait remarquer, à juste titre, que le risque pour la vie de l'actrice serait trop grand. Dieu sait que j'ai déjà assez d'épitaphes sur mes épaules. Ça n'en vaudrait pas la peine de toute façon, surtout puisque les chances que le bébé soit réellement présent étaient proches de zéro.

Gazinski m'envoie un message pour me dire que le virement important pour le fonds destiné à reconstruire la chapelle de Manchester a été effectué. Je n'ai pas l'habitude de faire des dons aux églises, mais je suis content de celui-ci. Je le remercie et me surprends à regretter l'époque où ma principale source de stress était une réunion d'affaires qui ne s'était pas déroulée comme je le souhaitais. Les choses sont légèrement plus compliquées maintenant.

Je prépare une tasse de thé pour Ivy et la lui monte. Je suis triste de constater qu'elle a trouvé une bouteille de vodka, déjà entamée d'un tiers. L'Ivy que je connais ne boit pas de la vodka pure, et elle ne boit certainement pas d'alcools forts à la bouteille le matin. Alarmé, j'ai envie de la lui arracher des mains. J'ai déjà vu ce genre de comportement auparavant, et c'est une pente glissante.

Sans bruit, je déplace la bouteille de vodka sur le tapis et la remplace par le thé.

— Bonjour marmotte, dis-je. Ai-je une chance de te faire sortir du lit ?

— Ha, dit-elle d'une voix traînante. D'habitude, tu essaies de me faire *entrer* dans le lit.

— Pas cette fois, je réponds. Je me remets encore de la nuit dernière.

Elle ricane. Je prends ça comme une victoire.

— La nuit dernière était tellement bizarre, dit-elle.

— Oui, eh bien, c'est ce qui arrive quand on boit une bouteille entière de tequila à jeun.

— Est-ce qu'on parlait de... castagnettes ? Ou est-ce que c'était un rêve ?

Je ris. — Nous parlions effectivement de castagnettes, entre autres choses. Tu étais vraiment amusante. Je ne suis pas sûr d'avoir déjà vu cette facette de toi.

Elle me donne un coup de pied, bouche ouverte dans une offense feinte. — Tu dis que je ne suis pas habituellement amusante ?

— Non, je...

— Que j'ai une personnalité uniquement quand je *bois* ?

— Ivy, arrête. Tu sais que ce n'est pas ce que je veux dire. Je me suis plus amusé avec toi qu'avec n'importe qui d'autre, ivre ou sobre. Je voulais juste dire que la nuit dernière était surréaliste et sexy, et que j'ai adoré. Mais plus que tout, je t'aime *toi* et j'aimerais que tu ne souffres pas autant.

Nous restons tous les deux silencieux un moment.

— J'allais me lever, dit-elle doucement, les larmes aux yeux. Mais ensuite j'ai regardé mon téléphone.

Aïe. Mon corps se crispe. — Qu'est-ce qu'il y avait sur ton téléphone ?

Elle ne me répond pas, alors je le prends et vérifie ses derniers messages WhatsApp.

MAMAN

Je suis vraiment désolée d'être celle qui te l'annonce ma chérie, mais Lorna est décédée la nuit dernière. Elle a subi un arrêt cardiaque et ils n'ont rien pu faire. Désolée, ma puce.

MAMAN

Jamie est anéanti, mais il tiendra le coup. Papa t'envoie des câlins. X

MAMAN

Ivy ? Tu es là ? Appelle-moi quand tu peux. Je viens de me rendre compte qu'on n'a pas discuté depuis des lustres. J'espère que c'est parce que tu t'amuses ! Transmets mon bonjour à Alistair. Encore désolée d'être porteuse de mauvaises nouvelles. C'est tellement triste, n'est-ce pas ?

— Oh, Ivy, dis-je. Je suis vraiment désolé. Tu vas répondre ?

— Et dire quoi ? demande-t-elle en se redressant. Désolée d'avoir ruiné tant de vies ?

— Quoi ? Ce n'était pas ta faute. Jeff était un psychopathe.

— Un psychopathe que j'ai introduit dans ma famille. Jamie a perdu chaque œuvre d'art qu'il avait créée. Il a perdu sa maison. Et Lorna a perdu *la vie* !

— Mais...

— Rien de tout cela ne serait arrivé si je ne m'étais pas impliquée avec lui. Et tu sais quelle est la pire chose ? La pire de toutes ? Sa voix se brise. Que Jeff avait raison à mon sujet. Que je ne suis rien de plus qu'une putain. Que je suis Poison Ivy.

La colère raidit mes muscles. — Ne t'avise pas de dire ça de toi-même.

Elle rit amèrement. — Tu sais que c'est vrai.

Je suis tellement en colère que j'aimerais pouvoir tuer Jeff Bates une nouvelle fois. J'avais pensé qu'Ivy avait surmonté ce qui s'était passé avec lui, mais comment le pourrait-elle ? Comment peut-on se remettre de quelqu'un qui injecte son venin en vous de cette façon ? C'est lui qui est toxique, pas Ivy.

— C'est ma faute, dis-je en me frottant le visage. J'aurais dû mieux prendre soin de toi.

Elle commence à argumenter, mais je poursuis. — J'ai complètement sous-estimé les séquelles du traumatisme qu'il t'a causé.

— Il ne s'agit pas de lui, dit Ivy d'une manière presque engourdie. C'est moi. Toute cette douleur qui tourbillonne autour de nous, c'est entièrement moi. Je suis le dénominateur commun.

Je secoue la tête. — Non, je réponds. Tu as tort.

— Vraiment ? demande-t-elle, les yeux se remplissant de larmes. Eh bien, je parie que Becks serait d'accord avec moi. Et je peux toujours compter sur elle pour être honnête.

— Les choses semblent désespérées en ce moment, je comprends. Je pose ma main sur son genou, mais je sens immédiatement qu'elle ne la veut pas là, alors je la retire. C'est une première, et ça fait plus mal que je ne veux l'admettre. Mais ça ne sera pas toujours comme ça. Les choses s'arrangeront.

— Oh, je t'en prie, crache-t-elle. Épargne-moi les citations motivantes. Tu vaux mieux que ça.

Je ne peux m'empêcher de ricaner. — Que veux-tu que je fasse, Ivy ? Que je gâche ma vie parce que les choses ne se sont pas déroulées comme je l'avais prévu ? Que je m'allonge dans une pièce sombre et que je boive de la vodka pure ? En quoi cela aidera-t-il ? En quoi cela nous permettra-t-il de récupérer Alex ?

— Ne me crie pas dessus ! hurle-t-elle.

Je me pince l'arête du nez. — Je ne crie pas. Je suis juste frustré. Je suis tellement inquiet pour toi que je ne sais pas quoi faire.

— Tu en as assez fait, murmure-t-elle. Sa voix est si froide qu'elle me transperce le cœur.

Je vois que la conversation cause plus de mal que de compréhension entre nous, alors je soupire et décide de partir pour réessayer plus tard. Je me lève et regarde la bouteille de vodka sur le tapis, me demandant s'il serait sage de l'emporter.

— N'y pense même pas, dit-elle, et je quitte la pièce.

CHAPITRE 43
Enfer

ALISTAIR

— Je suppose que je promènerai les chiens plus tard, je murmure.

Je prends son sein dans ma main et baisse mon visage pour le sucer, ignorant le pressentiment qui m'habite. Ivy a toujours été là pour moi quand j'avais besoin de baiser ma douleur, alors autant que je me comporte en homme et lui rende la pareille. Sa peau est si soyeuse, ses tétons si durs. Malgré mes réticences, ma queue se réveille. Je retire mes vêtements et m'agenouille à côté d'elle sur le lit.

— Comment veux-tu que je te prenne ? je lui demande en embrassant sa gorge.

— Pas de préliminaires, dit-elle. Pas de lubrifiant. Aussi fort que tu peux, aussi longtemps que possible.

Quoi ? Pourquoi ? — Je ne veux pas te faire mal.

— Je veux que tu me fasses mal.

Je m'écarte et la regarde dans les yeux. — Ne me demande pas ça.

Le regard d'Ivy est provocateur. — Tu m'as demandé ce que je voulais.

Mon érection diminue. Quand je parle, ma voix est rauque. — Tu sais que je ne peux pas te faire mal.

— Essaie, dit-elle. Comme je ne réponds pas, elle s'énerve. — Quoi ? Je ne suis pas assez *brisée* pour toi ?

Je blêmis. C'est la deuxième flèche qu'elle décoche en plein cœur aujourd'hui.

— Ivy, s'il te plaît. Je t'ai confié ça. Nous le ressentions tous les deux, non ?

C'était un kink réciproque, je l'avais senti. N'est-ce pas ? Ou est-ce ma culpabilité qui parle ? — Je vais demander au Dr Sandringham si elle peut passer aujourd'hui.

— Non, dit Ivy. Je ne veux pas du Dr Sandringham. C'est *toi* que je veux.

Je prends ses mains dans les miennes. Elles sont fraîches et moites. — Tu m'as déjà.

— Alors montre-le-moi, insiste-t-elle.

Je soupire lourdement. — Pas comme ça.

Ivy devient glaciale. — Très bien, dit-elle en lâchant mes mains et en s'allongeant. Elle se roule en boule et ferme les yeux. Je la couvre à nouveau avec la couette et lui caresse les cheveux un moment, puis je quitte la chambre en fermant la porte. J'ai un très mauvais pressentiment.

ALISTAIR
Du progrès ?
BRODIE
Rien, monsieur. Disparu sans laisser de traces.

ALISTAIR
J'ai besoin qu'Alex revienne.
BRODIE
Oui, monsieur. Je fais tout mon possible.

Ce n'est pas assez, j'ai envie de lui hurler. Mais je sais que ce n'est pas de sa faute si la Bratva a disparu. Ce jeune prodige est vif d'esprit, dévoué et dispose de toutes les ressources dont il pourrait avoir besoin. S'il n'a encore rien trouvé, c'est parce qu'il n'y a rien à trouver. Je me demande brièvement si j'aurais dû me rendre au piège que Brovic nous avait tendu – au moins nous aurions appris quelque chose – mais j'aurais aussi pu être tué, donc bon. J'arrive dans la cuisine et je vois tous les accessoires pour bébé près de mon fauteuil. Je me souviens d'y être assis avec Alex, de le faire rebondir sur mes genoux. Je me souviens de l'odeur de sa peau et de la sensation chaleureuse et saine que j'éprouvais toujours quand il se blottissait contre moi. J'ai envie de fracasser le parc. Je suis tellement frustré que je pourrais détruire toute la maison. J'aperçois un jouet de dentition et un ours en peluche dans le parc, et mon souffle se coupe. Oh, Alex.

Ensuite, je pense à des choses moins saines. Je pense à Ivy dans le salon, dans la piscine, dans le « donjon ». Je prends une profonde inspiration et soupire. Des jours moins compliqués faits de champagne, d'amuse-bouches et de baises sans fin. *Ça*, c'était la lune de miel. Ceci, c'est l'enfer.

Les chiens ne sont pas là – ils doivent être avec Brumilde – alors je décide de faire quelques longueurs dans la piscine. Ça me videra la tête, et ensuite je réessaierai avec Ivy.

CHAPITRE 44

Passer à l'action

IVY

Je ne me suis jamais sentie aussi seule de toute ma vie.

Même pas quand les choses allaient au plus mal avec Jeff, parce que je savais que j'avais toujours Becks. J'ai toujours eu Becks, et maintenant je ne l'ai plus. Me laissera-t-elle un jour revenir dans sa vie ? Mon estomac est un nœud serré de culpabilité et de chagrin. Je dois réparer ça, mais je ne sais pas comment. Je me sens terrible à propos d'elle, affreuse vis-à-vis d'Alistair, et complètement impuissante concernant bébé Alex. Sans parler de l'aide-soignante de Jamie, qui était sa personne préférée en dehors de notre famille.

Je ne sais pas quoi faire, mais je sais que rester allongée à m'apitoyer sur mon sort n'arrangera pas la situation. L'univers soutient l'action, comme disent toujours mes parents. Tu peux manifester tout ce que tu veux dans ce monde selon Maman, mais tu dois « bouger tes pieds ». La seule chose que tu manifesteras si tu restes vautrée sur le canapé, c'est de la faiblesse, et je refuse d'être faible.

Il me faut un effort gargantuesque pour sortir du lit. J'envisage de prendre une gorgée de vodka de plus pour me donner du courage, mais je me ravise. Puis je vois que la bouteille a été confisquée par Alistair, alors il semble que je n'aie d'autre choix que de puiser mon courage en moi-même. Je me douche, me lave les cheveux et m'habille en noir pour correspondre à mon humeur. J'avale le thé froid, mais je n'arrive pas à me forcer à manger.

Oui, je vais arranger tout ça. Je ne sais juste pas comment.

Quand je descends, je m'attends à voir Alistair qui me dira à quel point j'ai l'air mieux et qu'il est tellement soulagé que je sois debout, mais il n'est nulle part en vue. Je me sens étrangement soulagée. À la place, je trouve une paire de chaussettes d'Alex et ça me fend le cœur. Je les ramasse, les porte à ma joue et les mets dans ma poche pour me porter chance. La femme wicca dans le cours de yoga que je donnais portait toujours un gland dans son sac à main. Ça lui portait chance, disait-elle. J'espère que les pois d'Alex feront de même.

J'entends les chiens avant de les voir. Reacher arrive en trombe par la buanderie, suivi de près par sa petite ombre noire française. Ils sont si heureux de me voir que ça me remonte le moral.

— Salut Reach. Salut Bijou, je murmure en les caressant. Quels bons chiens vous êtes.

Ils acquiescent, langue pendante, les yeux pleins de joie. Leur bonheur et leur excitation me semblent étrangers, comme une touche de couleur dans un monde devenu monochrome.

En caressant Reacher, mes doigts effleurent son AirTag.

— AirTag, dis-je doucement, me rappelant ma conversation avec Becks. Reacher halète et me lèche la main. Mon cerveau se met enfin en marche. Je détache le traceur de son collier et le mets aussi dans ma poche, ainsi que le kit de couture de l'hôtel que je prends dans le tiroir fourre-tout de la cuisine.

Je hoche la tête en considérant mes options, et les pièces commencent à s'assembler.

J'appelle un taxi.

Le plan, qui n'existait même pas il y a dix minutes, est maintenant entièrement formé comme s'il avait été là depuis le début, comme quand on souffle sur la poussière d'un livre pour révéler son titre. Mais une fois qu'on a lu ce titre, il n'y a plus de retour en arrière possible, peu importe à quel point on a peur.

CHAPITRE 45
Coup de poing dans le ventre

ALISTAIR

Je n'avais prévu de faire qu'une douzaine de longueurs dans la piscine. C'était censé me vider la tête, mais je ne pouvais penser qu'à Ivy. Il y a quelques jours à peine, nous étions debout dans le sable chaud de la plage, jurant de renoncer au crime et célébrant nos fiançailles. Les choses avaient changé si rapidement.

L'eau est apaisante, le mouvement rythmique thérapeutique tandis que mon corps glisse, brassée après brassée, longueur après longueur. J'ai l'impression que des heures se sont écoulées lorsque mes muscles lâchent et que je dois me traîner hors de l'eau pour me reposer sur le bord. J'entends les chiens aboyer joyeusement et me demande pourquoi. Brumilde est-elle sortie de sa chambre ? Avec un grognement d'effort, je me lève, attrape la serviette, me sèche et retourne vers la maison.

J'ai besoin de protéines et de café. Peut-être pourrai-je tenter Ivy avec la même chose. Avant d'atteindre la porte arrière, Brumilde sort en me criant dessus.

— Où étais-tu ? exige-t-elle. Elle porte une robe de chambre et ses cheveux ne sont pas coiffés. Les chiens suivent, aboyant avec excitation et ajoutant au chaos.

— J'aurais pu te demander la même chose, je réponds.

Elle ignore la pique amicale.

— Henderson est là.

Mes oreilles se dressent.

— Henderson ?

— Tu ne répondais pas à ton téléphone. Tu réponds toujours à ton téléphone.

Je tapote par habitude les poches de mon maillot de bain mouillé, tout en sachant que mon téléphone est dans la maison.

— Je nageais, je réponds, assez inutilement. Il a des nouvelles ?

— Je n'ai pas demandé, dit-elle. Je vais m'habiller et vous rejoindre à l'intérieur.

Je manque de trébucher sur Bijou dans ma hâte d'atteindre la cuisine.

— Te voilà enfin, dit Henderson, l'air contrarié.

Il m'a manqué.

— Laisse-moi deviner, je dis en me dirigeant vers la machine à café. Ariana cause encore des problèmes ?

— Ariana va bien, répond-il. C'est Ivy qui nous inquiète.

Mon sang se glace.

— Quoi ? Pourquoi ?

Je veux dire, il y a beaucoup de choses inquiétantes concernant Ivy, mais au moins elle est bien en sécurité à l'étage. Je vérifie mon téléphone. Vingt-trois appels manqués, certains de Macavoy.

— Macavoy ?

Henderson pose ses paumes sur le comptoir, comme pour se stabiliser avant de dire ce qu'il doit dire.

— Macavoy a vu Ivy quitter la maison. Elle a appelé un taxi.

— *Quoi ?* Non, ce n'est pas possible. Elle ne pouvait même pas sortir du lit aujourd'hui.

— Quand il n'a pas pu te joindre, il m'a appelé. Il voulait savoir s'il devait la suivre. J'ai dit que ce n'était probablement pas nécessaire, mais de noter la plaque d'immatriculation.

Je fronce les sourcils vers Henderson. J'ai envie de protester, mais il est plus logique de monter rapidement à l'étage. Quand j'arrive au lit, il est vide. C'est un coup de poing dans le ventre.

— Merde ! je crie.

— Vous vous êtes disputés ? veut savoir Henderson.

— Pas vraiment, je réponds. Elle traverse une période difficile.

Henderson grimace.

— A-t-elle mentionné quelque chose comme... aller voir quelqu'un ? Rebecca ? Ses parents ?

— Non. Rien. Je n'arrivais même pas à la faire descendre. As-tu demandé à Brodie de...

— Vérifier la plaque ? Oui. Il a besoin d'un peu de temps.

— Je vais contacter sa mère. Toi, appelle Rebecca.

Nous passons les appels, mais personne n'a eu de

nouvelles d'Ivy. Je l'appelle, mais son téléphone est éteint.

— Putain, je jure à nouveau. J'ai envie de fracasser mon téléphone contre le comptoir en marbre. Je dois rester calme pour pouvoir réfléchir, mais mon adrénaline monte en flèche.

Brumilde arrive, habillée et essoufflée.

— Des nouvelles ?

— Brodie vérifie la plaque, dit Henderson. Avec un peu de chance, nous obtiendrons la localisation du véhicule auprès de l'opérateur.

— Une idée d'où elle pourrait aller ? demande Brumilde.

Je secoue la tête.

— Elle est dans un très mauvais état d'esprit depuis sa dispute avec Rebecca hier. Déprimée et buvant beaucoup. Elle se blâme pour toutes sortes de choses.

— Bon sang, dit Henderson, passant sa main dans ses cheveux.

Il se demande probablement pourquoi les Ravenscroft ne peuvent pas passer une journée sans qu'une catastrophe se produise.

— Il y a des chances qu'elle se dirige vers Rebecca, non ? demande Brumilde. Pour se réconcilier.

— Je n'en suis pas si sûr, je réponds. Les mots de Rebecca étaient assez définitifs. Je pense que leur amitié est peut-être terminée.

CHAPITRE 46
Biscuit Chinois

IVY

Je demande au chauffeur de taxi de me déposer à Shoreditch, puis je marche un moment avant d'en prendre un autre pour Chinatown. Le propriétaire du restaurant chinois m'accueille chaleureusement, et l'odeur des nems frits évoque tant de souvenirs joyeux de dîners bon marché avec Becks que j'ai envie de pleurer. Je m'installe à notre table habituelle et commande une carafe de saké. Mon estomac est noué.

J'en suis à ma quatrième carafe quand le propriétaire me coupe. — Désolé, désolé. Ton amie ne vient pas ?

— Non, j'admets enfin. Becks ne viendra pas, malgré le message désespéré que je lui ai envoyé. Malgré ma souffrance. Et comment lui en vouloir ? Elle établit des limites saines, essaie de se protéger. Essaie de se tenir à l'écart du poison qui coule en moi et se déverse dans la vie de ceux que j'aime. Je ne pensais pas pouvoir la faire changer d'avis, mais je voulais m'excuser et lui dire au revoir.

Je quitte le restaurant, laissant un généreux pourboire au propriétaire qui a toujours été gentil avec nous, même si nous commandions toujours les ramens les moins chers du menu et accaparions la table bancale pendant des heures.

— Tu veux que j'appelle quelqu'un ? demande-t-il.

Je secoue la tête, et il me tend un biscuit chinois. — Pour la chance !

— Merci, je réponds. Pour ce que j'ai prévu, j'en aurai vraiment besoin.

Pas vraiment sûre d'où aller ensuite, je prends un taxi pour Iniquity. Ce club échangiste de Mayfair possède un restaurant public au rez-de-chaussée qui ne laisse rien transparaître de ce qui se passe dans l'antre souterrain. Je trouve une table confortable dans un coin et commande une bouteille de champagne. Tant pis pour ma résolution de ne pas avoir besoin du courage liquide. Je commande aussi quelques tapas, même si je n'ai pas faim, mais je ne peux pas risquer une hypoglycémie en plus d'être ivre. Je casse le biscuit chinois. Le petit bout de papier graisseux me promet du soleil et des jours meilleurs. « J'en doute », je marmonne au biscuit brisé. « J'en doute sincèrement ».

Je mange les amuse-gueules et bois le champagne, essayant de savourer chaque gorgée comme si c'était la dernière, même s'il est difficile d'avaler à cause de la boule douloureuse dans ma gorge. Il y a définitivement une ambiance de *dernier repas*, tentant de profiter du temps qu'il me reste, même si ce moment est entaché de peur et de chagrin. Je me permets quelques fantasmes fugaces où je descendrais l'escalier pour trouver une petite soirée libertine, mais ce serait bizarre sans Alistair. Je fantasme sur une femme comme Freya, puis je change le fantasme pour quelque chose de plus brutal, plus sale. Plusieurs hommes m'utilisant en même temps. Me malmenant. Gémissant et m'appelant « ma belle » parce qu'ils ne connaissent pas mon nom. Me murmurant des obscénités à l'oreille.

Mon sexe commence à s'échauffer. J'aimerais que tout soit redevenu normal et qu'Alistair soit avec moi. Ce serait excitant d'avoir une dernière séance ici.

La serveuse me sort de ma rêverie érotique. Voyant que la bouteille de champagne est vide, elle m'en propose une autre sans la moindre lueur de jugement dans les yeux. Je suppose que, travaillant ici, elle a vu bien pire qu'une femme triste buvant trop de champagne.

— Oui, s'il vous plaît, je réponds.

Je sais que les Russes ont intercepté nos téléphones depuis longtemps, parce que les Redbricks ont pu accéder à nos appareils. Ça n'avait pas de sens que les Redbricks, fauchés comme ils sont, aient accès à ce genre de technologie jusqu'à ce qu'il devienne évident que les Russes et les Redbricks travaillaient ensemble. Ce devait être les Russes qui interceptaient tout depuis le début, alors je sais qu'ils pourront accéder à n'importe quel message que j'envoie.

J'allume mon téléphone et vois des dizaines d'appels manqués, la plupart d'Alistair. Mon cœur se serre.

Je prends une profonde inspiration. Une chose à la fois, je me dis. Tout sera bientôt terminé.

CHAPITRE 47
L'Incident de la Chapelle

ALISTAIR

— Elle est partie. Je crains qu'elle ne fasse quelque chose de risqué. Elle n'a plus été la même depuis l'incident de la chapelle.

Dr Sandringham reste imperturbable. — C'est une femme intelligente qui a beaucoup de raisons de vivre, dit le psychologue. Je ne supposerais pas automatiquement le pire.

Je pousse un soupir tremblant. C'est vrai. Mais Sandringham n'avait pas vu ce que j'avais vu. — Elle se comportait de façon complètement inhabituelle. Auto-destructrice.

— Elle a traversé un traumatisme énorme, répond le médecin. Nous gérons tous ces choses différemment.

Je soupire à nouveau et continue de faire les cent pas. Je sais que quelque chose de grave va se produire. Je le sens dans chaque cellule de mon corps. — Ce n'est pas son genre de partir comme ça. Sans me prévenir.

— Elle a besoin d'espace. Elle a beaucoup à assimiler. Elle doit accepter le fait qu'elle s'est... énormément transformée ces dernières semaines. Le changement n'est jamais facile. Et ce qui s'est passé dans cette chapelle l'aura fondamentalement changée.

Je revois le moment où elle a tiré sur Sebastian aussi clairement que si cela se produisait ici et maintenant, un flash-back si réel que je sursaute quand j'entends le coup de feu.

— Je dois la retrouver. Je ne peux pas la laisser dehors comme ça sans sécurité. Ils nous surveillent.

— Vous supposez qu'ils vous surveillent.

— Je le sais. Et je sais ce que vous allez dire. Que je suis paranoïaque.

— Dans votre domaine, Monsieur Ravenscroft, je suis sûr qu'il est avantageux d'être paranoïaque. Mais vous devez aussi comprendre qu'Ivy a besoin d'espace.

— Pourriez-vous l'appeler ? Elle pourrait décrocher si c'est vous qui appelez.

— Oui, bien sûr. Je vous ferai savoir si j'apprends quelque chose d'utile.

Je claque le téléphone sur le comptoir et me frotte le visage.

— Du nouveau ? demande Henderson.

Je secoue la tête. — Elle a dit de rester calme et qu'Ivy va probablement bien.

— Des conne*ries*, répond Henderson.

Je ressens une vague d'affection pour l'homme qui a été à mes côtés dans les bons comme dans les mauvais moments. — Tout à fait d'accord.

— On va la retrouver, promet-il, mais il n'a pas l'air convaincu.

CHAPITRE 48

La Pomme de Reacher

IVY

Avec le dernier verre de champagne versé dans ma coupe, je commence à mettre mon plan en action. Je débute en partageant ma position en temps réel avec Becks.

Je doute qu'elle arrive ici avant la Bratva, mais ça vaut le coup d'essayer. Taper ce message, c'est comme nouer la corde de ma propre pendaison, rendu légèrement plus facile par l'alcool qui coule dans mes veines. L'alcool te tiendra la main pour tout, y compris pour signer ton propre arrêt de mort.

IVY

Si tu veux me voir une dernière fois, je suis ici.

Je m'empêche d'envoyer un simple « Je vous aime ! » à mes parents et Jamie, ne voulant pas les inquiéter. Ensuite, j'envoie à Alistair, Henderson et Brumilde un indice que les Russes ne comprendront pas. J'utilise la fonction « envoyer plus tard » pour qu'ils ne le reçoivent pas tout de suite. Deux heures devraient suffire.

IVY
J'ai la Pomme de Reacher

Je bois lentement le reste du champagne, repensant à tous les hauts et les bas que j'ai traversés ces dernières semaines. J'ai l'impression d'avoir vécu toute une vie en un mois environ. Je règle l'addition et laisse un pourboire extravagant à la serveuse qui ne m'a pas jugée, avec tout l'argent qui reste dans mon enveloppe de dévergondée.

Malgré mon courage relatif, j'espère que les hommes de Kuznetsov me cueilleront de manière civilisée, sans violence inutile. Je suis prête à me rendre. Je dois quand même avoir l'air surprise, sinon ils sauront que je l'ai planifié. Je quitte l'étreinte chaleureuse du restaurant et m'avance dans l'air froid à l'extérieur. Tout est gris sombre, du trottoir jusqu'au ciel ; un lavis de cendres humides. Je prends une profonde inspiration d'air frais et serre les dents, m'armant contre le vent. Je peux le faire.

Quelqu'un me bouscule par-derrière, et je sursaute. Je me retourne, prête à me rendre, mais ce n'est pas un mafieux russe. C'est Becks. Mon cœur !

— Becks ! dis-je. Je n'arrive pas à croire que tu sois venue. Je ne pensais pas que tu viendrais.

Elle n'est pas impressionnée.

— Eh bien, après ton message mélodramatique, j'ai

pensé que je ferais mieux de venir. Tu comptais sauter d'un pont, ou quoi ?

— En quelque sorte, réponds-je, souriant même si elle me déteste toujours. Je ne peux pas m'en empêcher. C'est tellement merveilleux de te voir. Je n'étais pas sûre de te revoir un jour.

— C'était le plan, répond-elle.

Son ton froid me blesse, mais je l'ignore. Je savais que cette rencontre ne serait pas tout rose.

— Tu frissonnes, dis-je. Une fine chemise est sa seule protection contre le vent glacial.

— Je suis partie en vitesse à cause de ton foutu message.

J'enlève ma veste et la lui donne. Elle s'apprête à protester, alors je la pose sur ses épaules et elle fait le reste elle-même. Becks la ferme et se serre dans ses bras pour se réchauffer.

— Alors, où vas-tu ?

Je ne suis pas sûre de comment répondre sans mentir, alors je dis :

— Droit vers un putain de coucher de soleil.

Elle fronce les sourcils.

— Quoi ?

— Le coucher de soleil russe, dis-je.

Becks n'est pas contente. Ses narines se dilatent comme elles le font quand elle est en colère ou frustrée.

— Aide-moi à comprendre.

— Ce n'est pas compliqué, réponds-je. J'ai fait des choses terribles, et le karma existe vraiment.

— Tu es ivre.

— Ça ne change rien.

— Si, ça change foutrement tout. Ça te rend imprudente à mort.

— Je préfère appeler ça du courage.

— Bon sang, Ivy. Becks secoue la tête. Qu'est-ce que tu as fait ?

— J'ai réalisé que me sacrifier est le seul moyen de retrouver Alex.

Elle reste silencieuse un moment pendant que l'information fait son chemin, et son attitude froide semble s'estomper, ses yeux s'adoucissent. Il y a aussi de la peur pour ce qui va arriver.

— Oh, Ivy.

J'avale difficilement et me blinde. Je ne pleurerai pas, mais la soudaine chaleur de Becks ne me facilite pas la tâche. Nous clignons toutes les deux des yeux pour retenir nos larmes. Soudain, elle me serre dans ses bras, et je lui rends son étreinte. La boule dans ma gorge me fait mal, mon nez coule. Oh, Becks, tu m'as manqué.

— Est-ce que je t'ai déjà dit que tu m'avais sauvé la vie ?

— Je t'ai sauvé la vie à plusieurs reprises, dit Becks. Comme la fois où je t'ai empêchée d'acheter des sashimis au rabais dans ce boui-boui de Soho. Et la fois où je t'ai convaincue de ne pas sauter en parachute avec ce loser de Luton.

— Eh bien, cette fois, c'était pour m'avoir botté les fesses pendant que je me noyais.

— Ce n'est pas une mince affaire, dit-elle. Ça semble impressionnant, même pour moi.

— Quand j'ai été jetée du yacht, dis-je.

— Le yacht *du sexe*, répond-elle en haussant les sourcils d'un air suggestif.

— J'ai nagé aussi longtemps que j'ai pu, mais j'étais à bout de forces. J'ai commencé à couler. Et c'était plutôt un soulagement, tu sais, d'arrêter d'essayer. De simplement abandonner. Je n'avais pas l'impression d'avoir le choix, de toute façon. Mais alors que tout s'estompait, ta voix a retenti, forte et claire. Tu m'as dit de continuer à donner des coups de pied.

J'avale encore et essuie ma joue.

— On s'est un peu disputées, mais j'ai écouté. Et j'ai survécu. Je n'ai pas réussi à atteindre la plage, mais j'ai survécu assez longtemps pour que les pêcheurs me trouvent et me secourent.

— Eh bien, je ne suis pas sûre de pouvoir m'attribuer beaucoup de mérite pour ça, dit-elle. Vu que je n'étais même pas dans le même pays, et probablement profondément endormie.

— Si, tu peux. Parce que tu as toujours été ma voix de la raison. Ma plus chère amie et supportrice. On a été si proches pendant si longtemps que je porte ta voix avec moi. C'est un tel cadeau. Merci.

Les lèvres de Becks s'affaissent un peu comme elles le font toujours quand elle est sur le point de pleurer.

— J'entends ta voix aussi, Sainte Ivy.

Nous nous étreignons à nouveau, nous disons au revoir avec émotion, et je commence à marcher. Je ne m'attendais pas à ce que Becks se montre, et je ne veux pas qu'elle soit dans les parages quand les brutes arriveront.

Juste au moment où j'ai cette pensée, une berline noire élégante s'arrête.

CHAPITRE 49

Mayfair

ALISTAIR

— Qu'est-ce qui se passe ? demande Henderson.

— Je ne suis pas sûr. Quelque chose ne colle pas. Je n'arrive pas à mettre le doigt dessus.

— Quand l'as-tu ressenti pour la première fois ?

— Quand je parlais avec Sandringham tout à l'heure.

— La psy ?

— Oui. Quelque chose semblait... bizarre.

— Qu'est-ce qu'elle a dit ? demande-t-il.

— Rien d'inhabituel. Je secoue la tête. C'est probablement juste mes nerfs. Je me sens déstabilisé quand je ne sais pas où est Ivy, et maintenant qu'elle est potentiellement en danger, toutes mes alarmes sonnent, ce qui rend difficile ma concentration.

— Elle est partie depuis des heures. On devrait appeler Brodie.

— Je ne veux pas le distraire. Il essaie déjà de la localiser.

— Alors on devrait prévenir la famille. On pourrait avoir besoin d'eux.

— Oui, je suis d'accord, mais mon esprit reste fixé sur ce sentiment que quelque chose ne va pas.

Pourquoi Ivy ne m'a-t-elle pas appelé ? Que se passe-t-il dans sa tête ? Elle sait à quel point il est dangereux de sortir sans sécurité.

Le téléphone d'Henderson vibre avec une alerte. Il le saisit et lit le message.

— Lucky dit qu'il y a eu une fusillade, dit-il. Un mort. Une personne grièvement blessée. Il y a une demi-heure. À Mayfair.

Ivy ne serait pas à Mayfair, n'est-ce pas ?

— Alistair, dit Henderson, la voix rauque.

Il attend que je le regarde, ce que je ne veux pas faire. Quand j'y parviens enfin, je vois que son expression est choquée et insupportablement triste.

— L'une des victimes de la fusillade était une femme.

Le monde tourne, et je chancelle. Henderson agit rapidement, me soutenant.

Mon téléphone sonne. Mon Dieu. Oh s'il vous plaît mon Dieu, non.

Un courant d'eau glacée parcourt mon corps.

Non, non, non, pas Ivy. N'importe qui sauf Ivy.

Je tremble trop pour répondre, alors Henderson prend mon appareil et le met en haut-parleur.

Une femme au ton professionnel parle au-dessus du bruit en arrière-plan. — Est-ce Alistair Ravenscroft ?

— Oui, je suffoque.

— Connaissez-vous une Ivy Mickelson ? Votre numéro est apparu comme son...

— Oui, dis-je. Oui. Que s'est-il passé ?

— J'aurais besoin que vous veniez, s'il vous plaît, monsieur. Hôpital Hillcrest.

C'est l'hôpital qui appelle, pas la police. Cela signifie-t-il qu'Ivy est vivante ? Ou m'appellent-ils pour m'annoncer un décès ? Mon esprit tourbillonne dans toutes les directions. Je suis plié en deux par la peur pure.

— *Que s'est-il passé ?* je grogne.

— Le chirurgien vous informera quand vous arriverez.

Ma mâchoire semble prête à se briser tant elle est serrée. Je parle entre mes dents. — Est-elle vivante ?

Il y a une pause. — Je suis désolée, je ne sais pas. Je suis à l'accueil. On m'a juste demandé de vous appeler.

Henderson remercie la réceptionniste et termine l'appel, puis téléphone pour l'hélicoptère.

— Dix minutes, dit-il. Allons-y.

Nous faisons le trajet en un temps record – me rappelant quand nous avions dû transporter Ariana aux urgences alors qu'elle perdait beaucoup de sang. Quel incroyable fiasco tout cela a été. Quelle catastrophe sans précédent. Tant de douleur, tant de vies perdues. Et chaque fois que j'essaie d'éloigner ma famille du crime, nous y retournons aussitôt, comme si nous étions inextricablement et éternellement liés à la violence.

Eh bien, je pense en regardant Londres, vous voulez que je reste dans une vie de crime ? Vous voulez voir à quel point les Ravenscroft peuvent devenir violents ? Parce que je vais vous montrer. Je vais vous en faire un putain de tableau.

— Où est-elle ? je demande dès que le bureau d'accueil apparaît.

Les trois réceptionnistes se redressent et me regardent avec des yeux écarquillés.

— Ivy Mickelson, dis-je. Blessure par balle.

La femme à gauche se lève, timide, mais aimable. — Monsieur Ravenscroft ? Nous étions au téléphone ?

— Où est-elle ? je répète.

— Je vais appeler maintenant et informer le chirurgien que vous êtes arrivé.

Ivy. Blessure par balle. Chirurgien.

— Dites-moi simplement où aller.

La femme regarde ses collègues, cherchant de l'aide. Le réceptionniste au milieu se lève également. — Nous allons informer le chirurgien, dit-il fermement. Je suis sûr qu'elle sera là sous peu. Veuillez vous asseoir.

J'ai envie de crier et de me disputer, mais je sais que ça ne changera rien. Il m'est aussi impossible de m'asseoir, pas quand j'ai l'impression que tout mon corps est en feu.

Je me pince l'arête du nez, me disant de me calmer.

Ça ne marche pas.

Je vais devenir fou s'ils me font attendre. Je sens déjà la folie s'insinuer en moi.

J'ai besoin d'aide.

— Est-ce que... est-ce que le Dr Sandringham est là ? je demande.

Ils me renvoient des expressions identiques d'incompréhension. — Dr Sandringham ? dit la femme plus timide.

Les autres secouent la tête. — Pas de Dr Sandringham ici.

Henderson est presque aussi agité que moi. — Vérifiez encore votre liste, s'il vous plaît. Psychologue. Nous savons qu'elle travaille ici.

— J'ai la liste sur mon écran, dit la femme. N'hésitez pas à regarder.

Henderson s'avance lourdement et examine l'écran de la réceptionniste, puis me regarde et secoue la tête. — Elle a dû déménager.

Le gars secoue la tête. — Il n'y a jamais eu de Sandringham ici. Je connais la liste comme ma poche.

— C'est vrai, confirme la femme.

— Mais nous l'avons consultée, ici, quand ma sœur a été admise.

Ils sont trop polis pour me dire que je me trompe.

Henderson est à mes côtés. — C'est quoi ce bordel ?

— Quelque chose ne semblait pas normal, dis-je. Pendant mon appel avec Sandringham.

— Dis-moi exactement ce qu'elle a dit.

Je ferme les yeux, essayant de me rappeler ses mots exacts. — Elle a dit qu'Ivy avait besoin d'espace. Qu'elle avait beaucoup de choses à traiter. Elle a... changé. Le changement n'est jamais facile. Et ce qui s'est passé dans cette chapelle l'aura fondamentalement changée.

— Comment aurait-elle su ce qui s'est passé dans la chapelle ? Tu lui as dit ? Ou peut-être Ivy ?

Je secoue la tête, ne voulant pas croire aux implications. Elle ne pourrait pas être.

— Putain de merde, dit Henderson. Sandringham est l'une d'entre eux.

— Elle ne peut pas l'être, dis-je. J'ai eu la recommandation de Syd.

Nous savons tous les deux que Syd est, et a toujours été, inébranlable.

— Mais l'as-tu vraiment eue de Syd ? La Bratva a intercepté nos messages avant même qu'on sache qu'ils étaient une menace. Ce serait assez facile de planter quelques faux textos. Je parie que si tu vérifies ton historique de discussion avec Syd, ces messages auront disparu.

Je vérifie, et bien sûr, il a raison. Aucune mention de quoi que ce soit concernant le conseil, et aucune trace de Sandringham.

Une chirurgienne entre à grands pas, et nous nous tournons vers elle. J'examine son visage à la recherche d'indices, voulant savoir à quel point c'est grave avant qu'elle ne commence à parler. Je ne peux pas respirer.

J'ouvre la bouche pour parler, mais aucun mot ne sort. Je suis absolument terrifié. J'entends mon cœur battre comme s'il était juste à côté de mon oreille.

— Vivante ? C'est tout ce que je peux dire.

— Vivante, répond la chirurgienne.

Je me précipite dans la chambre de soins intensifs d'Ivy, poussé par le soulagement et la terreur.

Mais ce que je vois n'a aucun sens. Je regarde deux fois.

Mais qu'est-ce qui se passe, bordel ?

Rebecca Bradley me regarde depuis le lit d'hôpital,

impassible. — Je savais que je serais tuée par quelqu'un de votre espèce.

Je prends un moment pour me ressaisir. — Tu m'as l'air bien vivante.

— Pour l'instant, dit-elle d'une voix rauque. Mais je suis à peu près sûre que mes jours sont comptés.

— Que s'est-il passé ? Où est Ivy ?

— Elle est montée dans une voiture et ils sont partis. J'ai essayé de relever la plaque. Je la notais, mais il y avait de la circulation, et puis j'ai été poussée dans la ruelle. Je portais la veste d'Ivy, alors j'ai pensé qu'ils avaient dû croire que c'était moi qui étais elle. Mais ensuite j'ai vu que c'était Noah.

— Noah, je répète.

— Brovic. Il savait que j'avais vu la voiture, la plaque, alors il a sorti son arme. Noah n'a jamais aimé les détails qui traînent. Ce n'était qu'une question de temps.

Lucky a dit qu'un corps sans vie avait été trouvé.

— Mais tu l'as abattu en premier ? je dis.

— J'ai attrapé mon arme quand il m'a poussée dans la ruelle. Holster de cheville.

— Depuis quand ?

— Depuis que j'ai réalisé que je me tapais un psychopathe taupe russe et que l'entraînement au *Krav Maga* ne suffirait pas.

Nous restons silencieux un moment. C'est peut-être le début d'un respect mutuel. Connaissant Becks, peut-être pas.

CHAPITRE 50

Le Chemin de la Rédemption

IVY

Je garde mon sang-froid pendant que nous filons au nord de Londres, regardant le monde extérieur défiler. Certains points de repère ravivent des souvenirs, et c'est presque comme voir sa vie défiler devant ses yeux, ce qui n'est probablement pas bon signe, mais sans doute approprié.

Au fil des heures, l'alcool commence à se dissiper, ma culpabilité s'estompe, et je me sens étrangement calme. Jusqu'ici, mon plan a fonctionné, et j'en suis reconnaissante. Je me concentre sur Alex et sur le bonheur de le revoir. Cela rend supportable le fait de m'éloigner de l'amour de ma vie. Alistair et les autres recevront mon message codé d'une minute à l'autre.

Je vérifie que l'AirTag que j'ai cousu dans mon soutien-gorge est toujours là. C'est le cas.

Je suis sur le chemin de la rédemption.

Dr Sandringham se tourne pour me regarder.

Je n'arrive toujours pas à croire qu'elle soit une taupe

des Kuznetsov. J'ai été complètement choquée quand elle a surgi de la berline.

— Tout va bien là-derrière ? demande-t-elle.

— Oui, je réponds.

Je suis exactement où je dois être.

~

Découvrez ce qui arrive ensuite à Ivy et Alistair dans Surrendering to Bad (tome 6 de la série Blood Money Billionaire)

Obtenez le tome 6 ici.

~

Si vous souhaitez être informé des nouvelles parutions,

rejoignez le Substack de Blair Butler.

D'ici là, merci de votre lecture !

Je vous souhaite un plaisir infini.

Blair x

www.ingramcontent.com/pod-product-compliance
Lightning Source LLC
Chambersburg PA
CBHW030527190726
48283CB00006B/1802